ラルーナ文庫

潜入オメガバース！

〜アルファ捜査官はオメガに惑う〜

みかみ 黎

三交社

CONTENTS

Illustration

Mor.

潜入オメガバース！

～アルファ捜査官はオメガに惑う～

本作品はフィクションです。
実際の人物・団体・事件などにはいっさい関係ありません。

二〇××年九月、N国T都。

「いらっしゃいませ」

重厚な扉を開けると、タイヤンは慇懃《いんぎん》に頭をさげ丁重に出迎えた。闇《やみ》に色とりどりの光を撒《ま》き散らしている歓楽街は、今夜も雑多な喧噪《けんそう》が溢《あふ》れている。

「ああ」

華奢《きゃしゃ》で綺麗《きれい》なオメガの少年を連れた鬼龍《きりゅう》会会長、金剛寺《こんごうじ》は原色の光を背に鷹揚《おうよう》に頷《うなず》いた。

ぶくぶくと醜く太った鬼瓦《おにがわら》のような容姿の金剛寺と小さく華奢なオメガは、美女と野獣そのものだ。

「いらっしゃい、パパ。今日もかわいい男の子連れて、妬《や》けるわね」

華やかだが上品なママがにこやかに出迎え、金剛寺を奥へと誘《いざな》う。

前後を護《まも》るふたりのボディガートが油断なく左右を見渡しながら高級クラブの中へ入ると、タイヤンは静かに扉を閉めた。途端に雑音は遮られ、辺りには落ち着いた間接灯の淡い光だけが満ちる。

タイヤンがママの伝手《つて》で黒服になって一ヶ月になるが、クラブのオーナーでもある金剛寺が訪れるのはこれで三度目だ。訪れる時刻や滞在時間は異なっても変わらないのは引き連れているメンツだった。

ふたりの屈強なボディガード、それから今一番お気に入りのペットである少年。

いつも金剛寺に細い腰を抱かれ、光沢のある白いサテンのコートを身に着けたアイ。折れそうなほど細い首に、オメガの証《あかし》の赤い首輪。繋《つな》がった銀の鎖の先は金剛寺の手の中だ。

今や世界的な金融経済都市であり一大歓楽街をなす国の中心、怪しげな錬金術師たちが闊歩《かっぽ》する、このT都には様々な人種がひしめいているが、アイは生粋のN国人だ。

艶《つや》めく漆黒の長髪、黒曜石のように輝く双眸《そうぼう》はやや切れ長、化粧っ気はまったくないのに滑《すべ》らかな肌は真珠の光を帯びて、頬《ほお》はほんのりと薔薇《ばら》色に染まっている。桜の花びらのような唇は可憐《かれん》だ。

それぞれのパーツは小さいがバランスよく整っている。タイヤンが見知っているオメガの中でも格別に美しく、そしてなぜか懐かしい。

この高級クラブの粒ぞろいのホステスすら霞《かす》むほど色香を滲《にじ》ませる綺麗な顔立ちだ。アルファであるタイヤンは、仕事を忘れて魅入ってしまいそうになる自分を叱責《しっせき》する。

忘れるな。オメガはアルファを惑わす危険な生き物だということを。

オメガ――この世に五パーセント程度しか存在しない希少な種。

男女問わず、アルファの子を産むしか能がない、と世間に揶揄《やゆ》されているヒエラルキーの下層階級。

今現在、この世界には男女の性別の他、アルファ、ベータ、オメガの三種の性が存在している。

圧倒的多数を占めるのがベータ。一〇パーセント程度存在するアルファは、知能・身体能力ともに優れている支配階級だ。

それは裏の世界でも例外ではない。

鬼龍会会長、金剛寺もアルファだ。

しかしいくらアルファとオメガとはいえ、金剛寺のアイに対する扱いは酷《ひど》い。

鎖に繋がれて引っ張られて、あれではまるで家畜ではないか。

それに――。

いや、とタイヤンは強く首を横に振って、その思考を中断する。

しっかりしろ、今は大事な仕事中だ。

店内には生演奏のピアノの、しっとりとした音色が華やかな空間に響いていた。

落ち着いた高価な内装に、着飾ったホステスたちが色とりどりのドレスの裾《すそ》をひらひらさせて、まるで熱帯魚のように優雅にあちらこちらのテーブルを行き交う。

見るからに裏社会の大物といったオーラを漂わせる金剛寺の登場に、言葉をなくしたフロアはピアノだけが囀《さえず》っていたが、それも金剛寺がＶＩＰルームへ消えるまでのことで、すぐに笑い声を孕《はら》んだノイズが混じりはじめる。

アルファ専用高級クラブのフロアの片隅でＶＩＰルームに意識を集中しながら、タイヤンは腕時計型モバイルフォンを密《ひそ》かに操作した。

†　†　†

赤い首輪に繋がっている鎖を金剛寺に引っ張られて部屋に入ると、すでに大陸人らしい男がふたりいた。ひとりはソファに座り、もうひとりは後ろで控えている。どちらもきちんとダークスーツを着こなしている。

ソファに座る男は、中肉中背。これといって特徴のない顔だが、蛇のように陰湿な印象を与えるのは、底知れぬ黒い双眸のせいだ。後ろの男はボディガードかなにかだろう。引き締まった筋肉質の肉体が油断なくこちらを見据えている。

「待たせたかな」

「いえ、お会いできて光栄です、会長」

おもむろに立ち上がった男は敵意のない証《あかし》として金剛寺に手を差し出し握手した。

敵意はないといっても、あきらかに裏社会の人間特有の危ないオーラを孕んでいる。

「これが会長ご自慢のオメガですか。なかなか美しい。大陸でもちょっとお目にかかれない上物ですね」

男は会長の脇《わき》に寄りそうアイを舐《な》め回すように見る。その視線が気持ち悪くて、ぞっとするが、表情には出さない。そう訓練されていた。

「ははっ、今からこれに奉仕させよう。その代わり約束は守っていただく」

ふたりは揃《そろ》って上質な革張りのソファに腰を下ろす。満足そうに笑う金剛寺に鎖をぐいっと引っ張られたアイは、勢いふたりの間の足下に跪《ひざまず》かされる形になった。

「ええ、わかっていますよ。口淫《こういん》だけでも、こんなに美しいN国のオメガに奉仕されるなら安いものですよ、会長」

腰かけた男の股間《こかん》は、すでに期待に膨らんでいる。醜悪だと目を背けたいが、そんなわけにはいかない。なにしろ今から自分が悦《よろこ》ばせなくてはならない箇所だ。

「さあ、アイ」

予想どおり、金剛寺が命じる。アイに拒否する権利はない。今のアイは金剛寺に金で買われた哀れなオメガなのだから。

初めてこんな真似《まね》をさせられそうになった時は、さすがに躊躇《ちゅうちょ》した。性的な経験がほぼ皆無だった自分には無理だと思った。けれど、金剛寺は躊躇《ためら》うアイを決して許さなかった。

殴り、押さえつけ、無理やり行為を強要した。

逆らえない。身体《からだ》に教え込まれたアイは、今ではもう金剛寺の命令をすぐさま実行するしかないのだとわかっている。

ここにいる誰《だれ》もアイを擁護してはくれないのだから。

そうとなれば、少しでも早く終わるほうがいい。

「はい、ご主人様」

男たちに見下ろされながら、アイはこくんと頷くと、人ひとり分の間を置いて金剛寺の隣に座る男の股間に顔を寄せる。

男から漂うのは、今まで嗅《か》いだことのない泥臭い海の匂《にお》い。不快感に思わず眉《まゆ》を顰《ひそ》める。だが、躊躇すれば金剛寺に叱責されて、無理やり口腔《こうこう》に男のモノを突っ込まれるのだ。

それなら自ら咥《くわ》えるほうがマシだ。

むっとする不快な匂いを我慢しながら、アイは口と歯を使って器用に男のファスナーを下げていく。

すでに兆している男の器官を唇と舌で引っ張り出すと、ぱくりと咥える。

「ん、んっ……」

薄く小さなアイの唇が、青黒く醜悪に膨らんでいく男を飲み込んでいく。含まされた男の器官に因《よ》って、大きく引き裂かれた可憐な紅い唇が淫《みだ》らに濡《ぬ》れそぼっていく。

じっと見下ろす男たちのギラギラと熱っぽい視線が嫌でもアイの口許《くちもと》に突き刺さる。

『あ、ああ……っ、綺麗なだけではなく、男を悦ばせることも上手いとは堪《たま》らない』

男は大陸の言葉で感嘆すると、アイの頭を摑《つか》んで、ぐいっと手前に引きつける。

「んっ、んぐ……っ」

我を忘れたように激しく小さな口に劣情を抽挿されると、苦しくて息ができない。そのため頬が紅潮してしまうのに金剛寺は、

「ははっ、本当にいやらしいな、お前は。こんなに男をそそる淫らな顔をして」

横から手を伸ばすと、ぐいっとアイの顎《あご》を持ち上げる。

「ん、ん……っ」

別に男など欲しがってはいない。ただ苦しいだけなのだ。けれど、男のモノを深く咥えさせられているアイは反論できない。

その間も、男はアイの口腔を使って自慰行為に陶酔している。

そう、これはアイの口を使った男の自慰なのだ。自分はただの道具でしかない。

そう思うと、いっそ割り切れた。

こんなことに意味はないのだ。

ただの粘膜の摩擦。

だから男がアイの喉《のど》奥深くで欲を爆発させても、なんの感情も湧《わ》かない。

紅潮した顔で男を見上げ、喉をこくんと上下させ男の汚い精を飲み下すと、てらてらと濡れた唇を紅い舌でちろりと舐めあげる。これで今日の仕事は終わりだ。

しかし男はうっとりとアイを見ながら熱っぽく金剛寺に懇願した。

「会長、ぜひこのオメガを私に譲ってください。金ならいくらでも出します」

今にもアイをかき抱かんばかりだ。しかし会長はひと仕事終えたアイを男から引き離すように、反対側の自分の隣に座らせ、抱き寄せる。

「でしたら、ぜひとも龍幇《ロンパン》と我々との仲介を成功させることですな」

龍幇は大陸系マフィアの中でも最大の組織だ。そしてこの男は名乗ってはいないけれど、おそらく大陸系の貿易商だ、表も裏も取り扱う。

金剛寺は、おそらくこの男を通じて龍幇と繋がりを持とうとしている。

「可以《クァイー》。かならずお役に立ちますよ」

言葉は金剛寺と交わしながら、男の目はずっとアイに釘付《くぎづ》けだ。

「では、一秒でも早く実行していただきたい」

「了解」

金剛寺の言葉に弾《はじ》かれたように立ち上がると、後ろに立っていた屈強な男を伴って挨拶《あいさつ》もそこそこに出ていった。

きっと今すぐにでも龍幇と交渉を始めるつもりだろう。

「バカな男だ。俺がアイを手放すと、本気で思っているのか」

男たちが去った後、アイに水割りを作らせ、金剛寺は一息に呷《あお》る。

「お前も、あんな男にサービスをしすぎだ。本当にどんどんいやらしくなっていくな」

ぐいっとアイを引き寄せると、白いコートの下の、裸体の乳首をぎりりと抓《つま》み潰《つぶ》す。

「あうっ、い……っ」

痛みに思わず小さく悲鳴をあげる。

「忘れるな。お前は俺のオメガなんだ。もっともお前の下半身の鍵《かぎ》は俺が肌身離さず持っているから、これ以上の悪さはできないだろうがな」

「そ、そんな、ことは……」

金剛寺に飼われ囲われている今のアイに、いったいどんな悪さができるというのか。

そもそも金剛寺の言うような悪いことをするつもりはないし、身体は常に金剛寺の監視下におかれている。

けれどオメガだというだけで、まるでセックス依存症患者のように世間は認知している。

そんなわけないだろう、とアイは思うが、誰もオメガであるアイの言葉には耳を貸さない。

「さて、俺たちもそろそろ帰るか。いやらしいお前をたっぷり満足させてやらんとな」

ぞっとするような酷薄な笑みを浮かべるが、金剛寺はＥＤだ。そして、とんでもなく歪《ゆが》んだ性癖の持ち主でもある。

自分が性的に満たされないからか、酷くアイを嬲《なぶ》るのだ。

きっと今晩も執拗《しつよう》に金剛寺にいたぶられ、満足に寝かせてもらえないだろう。

考えるだけで憂鬱《ゆううつ》になる。けれど、今は耐えるしかない。

「はい、ご主人様」

自分に言い聞かせると、アイは従順なペットらしく金剛寺に身をすり寄せた。

† † †

「失礼いたします。会長、お車が参りました」

ＶＩＰルームの扉をノックし、タイヤンは声をかけた。

「そうか」のっそりと金剛寺がアイを抱き寄せ立ち上がる。

Ｔ都の闇社会を一手に牛耳っている鬼龍会会長である金剛寺に、ママだけでなく女の子が数人、金魚のフンのようにぞろぞろと付き従う。

後ろからついてきていた着飾った女の子たちは金剛寺に愛嬌《あいきょう》を振りまきながらも、チラチラとタイヤンに視線を投げかける。

身長一九〇センチメートルの鍛えあげられた筋肉質の体軀《たいく》。ブラウンがかった短髪に、きりりとした太い眉にくっきりとした、やはりブラウンの双眸。ベースの漢民族の血にゲルマン民族の血が混じっているらしい顔立ちは彫りが深い。

実年齢の二十六歳よりもふけて見られる強面《こわもて》の男臭い風貌《ふうぼう》で、はじめは無口なタイヤンを怖がっていたホステスたちも慣れるに従い次第に秋波を送りはじめた。だがタイヤンには大事な任務があったし、なによりホステスたちとかかわるのは面倒だった。

別に女嫌いというわけではない。

初めて好きになったのは女の子だったし、過去には恋人と呼べるほどの仲になった女もいた。

しかしなにしろ危険の伴う不規則な仕事だ。下手をすれば家族にまで危険が及ぶ可能性もあり、なかなか結婚への踏ん切りがつかないでいた。

そんなタイヤンの煮え切らない態度に、彼女は愛想をつかして去っていった。しかし、それを寂しいとも思わず、引き留めもしなかった。

とにかく仕事は忙しく、かつ重要だ。

彼女ならすぐに安全で幸せな生活を送れる相手が見つかるだろう。

だがそれは、タイヤンの言い訳かもしれない。

恋愛に対する熱が湧かないのだ、要するに。

自分は冷たい人間なのだろう。自嘲《じちょう》めいた思いが胸をよぎる。

オメガの匂いがさらに濃くタイヤンの鼻孔《びこう》を刺激する。

じんと身体の奥に疼《うず》くような熱が兆すのはアルファの性だ。

自分の浅ましさに眉を顰める。だが、大丈夫なはずだ。

アイがオメガだとわかった時点で、アルファ用の抑制剤を服用している。

今までも仕事でオメガと接触したことはあるのだ。薬の効果もあるだろうが、自分は一度も触発されて、ラット状態に陥ったことはない。

どれだけアイのフェロモンが強くても我を忘れるような事態になったりしない。本能だか性だかに、大事な仕事の邪魔をさせるつもりはなかった。

ロビーの行き止まり、重厚なドアの前で足を止めると、タイヤンはドアを押し開けた。

途端、雑多で猥雑《わいざつ》な繁華街の音と光がどっと流れ込んでくる。

それとともにアイの濃厚なオメガの匂いは和らぐ。ほっと息をつく。

ドアを押さえて壁際に立つタイヤンの前を、屈強な男に前後を挟まれた金剛寺と、金剛寺に寄りかかりよろよろと歩く、足下のおぼつかないアイが通り過ぎる。

胸元を艶やかな黒髪がさらりと揺れて通り過ぎていく。

オメガの匂いに混じって、アルファの精液の匂いもした。ＶＩＰルームでなにがおこなわれていたのかは容易に想像できる。

一足先に帰ったが、ゲストがいた。おそらく金剛寺はアイにオメガでなくてはできないような接待をさせていたのだろう。金と権力のあるアルファがオメガをそんな用途で使うのは、珍しいことではない。

タイヤンの眉間《みけん》に皺《しわ》が寄る。

オメガ保護法を持ち出せばアイを保護できる。しかし今、そんなことをすれば、もっと大きな計画が台無しになってしまう。今はまだその時ではないのだ。

差し伸べそうになる手をぐっと握りしめて耐える。

「あら、ほんとよ。またいらして」

「ははっ、お前らが待っているのは俺じゃなくて金だろうが」

ママと金剛寺は軽口を言い合っている。

雑踏のざわめきの中から、バイクのエンジン音が微《かす》かに聞こえてきた。

雑念を払って感覚を凝らす。

すでに金剛寺を乗せるべく、黒塗りのベンツが店の前に停《と》まっている。

キラリ、となにかが閃《ひらめ》いた。

「危ないっ！」

考えるより先に身体が動いて、タイヤンは金剛寺をアイごと突き飛ばした。同時に銃声が響く。スラックス越しに焼けつくような小さな衝撃が走った。

ピシッと小さな音がして、停まっていた黒塗りの車に小さな孔が開いた。続けてもう一発。

「きゃああっ」

女たちの悲鳴が重なる。

「オヤジッ！」

慌てて車から降りてきた男が拳銃を片手に金剛寺の上に被《かぶ》さる。

「待てぃっ」

ふたりのボディガードが狙撃者を捕まえるべく目指して飛び出していく。だがナンバープレートを隠したバイクはすぐさま闇の中へと走り逃げていく。

「オヤジ、大丈夫すかっ」

金剛寺に被さっていた男が慌てて助けおこす。

この男は資料にあった写真で見た。

補佐の鮫島勇次《さめじまゆうじ》、年齢は三十五歳前後か。金剛寺の子飼いの腹心だ。

怒らせると手のつけられない暴れ者だが、男気があって下の者の面倒見がいいから慕われている、とママから聞いた。

「バカ野郎。お前らはなにをしているっ。この役立たずがっ。さっさとあいつを捕まえてこいっ」

「はっ」

怒り心頭で金剛寺が怒鳴り散らすと、あきらめて戻りかけていたボディガードたちはふたたび跡形も見えなくなったバイクの後を追っていった。

「悪かったたな。怪我《けが》はないいか」

タイヤンは金剛寺とともに尻餅《しりもち》をついていたアイに手を差し伸べた。

「あ……、あ……」

どうやら腰を抜かしたようで、黒く涼やかな双眸を瞠《みは》って震えている。

タイヤンはアイの細い腕を摑むと、ぐいと引っ張って立ち上がらせた。

首から垂れ下がった鎖が胸元でじゃらりと音をたてた。

はっとする。

はだけた薄手の白いコートの下、乳白色の肌に食い込む赤い縄がちらりと見えた。

いくらオメガとはいえ、こんな少年に首輪をつけ縄で縛りつけるなんて。知らず険しい顔になるが、気づかなかったふりをして後ろを向かせ、尻についた土埃《つちぼこり》を軽く払ってやる。

タイヤンが今してやれることはそれくらいしかなかった。

「おい」

背後から金剛寺に荒く声をかけられ、慌てて背筋を伸ばして振り向いた。

「申し訳ありません。咄嗟《とっさ》のこととはいえ、とんだ粗相をいたしました。会長、お怪我はありませんか？」

そうだった。タイヤンは、この男を突き飛ばしたのだ。

いくら弾丸から守るためとはいえ、T都の夜の帝王に非礼を働いてしまった。金剛寺を怒らせてしまった可能性に思い至り肝を冷やす。

ここが正念場だと覚悟を決めて金剛寺と向き合った。

「お前、このクラブの黒服だったな」

金剛寺はそうとう怒っているのだろうか。ぎろりとドングリ眼を光らせて身長一九〇のタイヤンを見上げた。

「名前は？」

「ウ・シエンといいます」

偽名を答える。

「ふむ、いい身体をしている」

金剛寺は無遠慮にタイヤンの腕や胸を触る。

「学生時代は剣道と空手をしていました」

「ほう、なんのために？」

「もちろん強くなるためです、会長。男ですから」

まさか本当のことは言えない。

「なるほど、お前とは気が合いそうじゃないか、鮫島」

頷くと金剛寺は、後ろに控える補佐に視線を遣《や》る。

「黒服といっても用心棒にしか使えないんですよ、この子。なにしろこの身体と顔つきでしょ。呼び込みさせたら客が怖がって逃げ出すんですよ」

愛想笑いを浮かべたママが口を挟む。だが、金剛寺は無視してタイヤンに質問を続ける。

「黒服になる前はなにをしていた？」

「会社員をしていましたが倒産しまして、ここで自棄《やけ》酒を呷っていたところをママにスカウトされました」

少子化の影響で人口が激減し、今や他民族が半数を占めるこの国では就職をするのに出自はさして重要ではない。重要なのはアルファかそれ以外か、だ。そしてタイヤンは紛れもないアルファだった。

だからN国人であろうがなかろうが、普通に就職できる。が、金剛寺はタイヤンが会社員だったという嘘《うそ》を信じただろうか。平静を装いつつ窺《うかが》う。

金剛寺は満足げにひとつ大きく頷いた。

「よし、いいだろう。お前は今日から俺のボディガードだ」

ぽんぽんと鍛えられた筋肉を纏《まと》ったタイヤンの二の腕を叩《たた》きながら命じた。

「え？」

「この俺が雇ってやろう。俺の盾になれ、シエン」

どうやら金剛寺は突き飛ばされたことを怒ってはいないようだ。それどころかいきなりボディガードとは。

残忍な反面、ワンマンだが情に厚い頼りになる男だというママの話どおり、金剛寺は単純な男らしい。こうも上手くいくとはタイヤンも予想外だ。

「ちょっと、困りますよ、会長。シエンは私が拾ったんだから」

すぐにママが異議を唱えた。

金剛寺に口答えできるのは、たぶん金剛寺の一番古い愛人だったこの人くらいだろう。

「うるさいっ。俺が決めたことだ。口出しするなっ」

さすがにT都の夜を牛耳っているだけのことはある。凄《すご》みのある怒声に、アルファのタイヤンですら竦《すく》みそうになる。

しかしここですんなり快諾すれば怪しまれるかもしれない。

まだ怒気を孕んでいる金剛寺に首を横に振ってみせる。

「はい、お話は大変ありがたいのですが、会長。私は、その、組員になるのは……」

クラブの黒服兼用心棒と、鬼龍会会長のボディガードでは、まったく違う。

ふたつ返事で、わかりましたと言えるモノではない。一般人ならそう考えるだろう。

下手に疑われないために、普通の社会人が示しそうな反応をする。

ここまできて疑われるわけにはいかない。

すると金剛寺は、さっきまで見せていた鬼龍会会長の顔を崩して豪快に笑った。

「はっはっ、心配するな。お前は俺の命の恩人だ。組員にならなくてもかまわん。ボディガードとして雇ってやると言ってるんだ。給料は今の倍出すぞ。どうだ、それでも不服か？」

最後は笑っていなかった。いや、ずっと眼だけは笑っていない。

「……承知しました」

しかしタイヤンも世間知らずな子供ではない。金剛寺がそう言っても、この裏社会に一歩でも足を踏み入れたら、もう簡単には抜け出すことはできないだろうことはわかる。

一般人なら、どれだけの条件を提示されようとも二の足を踏むだろう。

だが、今のタイヤンにとっては好都合だ。これで金剛寺の懐に入れるのだから。

「よし、じゃあ、あの役立たずどもは格下げにしろ、鮫島。二度と俺の前に顔を出させるな。今日からこいつを付ける。お前もしばらくは俺の護衛をしろ」

金剛寺が命じると傍《そば》に立っていた鮫島は、はっ、と応《こた》えた。金剛寺が車に向き合ったのを見てとると、素早く後部ドアを開ける。

「おい、帰るぞ」

金剛寺はアイとともに乗り込もうとしながら、タイヤンに向かって命じる。

しかしタイヤンはなおも金剛寺に訴える。

「お言葉ですが、会長。このまま乗ると、シートを汚してしまいますし、一度クラブに戻って、私服に着替えませんと……」

銃弾がかすった黒いスラックスは太腿《ふともも》の生地が裂け、うっすらと滲んだ血で汚れていた。

しかし金剛寺はタイヤンの言葉を遮って、うるさそうに手を払う。

「そんなものは、どうでもいいだろ。さっさと乗れ。この俺を待たすな」

苛立《いらだ》ちが声に滲みはじめている。まずいなと判断し、戻ることをあきらめる。

「はい、では」

くいっと鮫島が助手席を顎で示した。ドアを開けようとしたその時、アイがタイヤンの足下にしゃがみ込んだ。

ほっそりとした指でコートの内ポケットからハンカチを取り出すと、細長く折りたたんで、血の滲む太腿に巻きつけた。途端に懐かしい記憶が甦《よみがえ》る。

ずっと昔、まだ子供だったタイヤンの傷だらけの脚に優しく触れた、あの白く小さな手。

今でも胸の底に深く沈む、でも決して喪《うしな》われることのない甘美な想い出。

そういえば、アイはどことなくあの少女に似ている気がする。

「あ……」

りがとう、と、言うより先にアイは、顔を逸《そ》らして立ち上がった。

「これでいいですか？」

タイヤンではなく、金剛寺に向かって尋ねる。

「ああ、かまわん」

すでに後部座席に座って鷹揚に頷いている金剛寺の隣に、アイは鮫島が押さえているドアから猫のようにするりと乗り込んだ。

タイヤンは軽く頭を振る。どう見てもアイは少年だ。あの時の少女であるはずがない。

同じ状況に、一瞬、錯覚をおこした自分に苦笑する。

「よかったです、ご主人様のお役に立てて」

もうタイヤンの存在を忘れたかのように、アイは車に乗り込むとあまったるい声で金剛寺に寄りかかっている。

「はは、お前は本当にかわいいな」

染みの浮いた皺だらけの大きな手が艶やかな黒髪を撫《な》でる。アイは嬉《うれ》しそうに微笑《ほほえ》んでいた。

タイヤンは目を瞠る。

金剛寺に虐待されているとばかり思っていたアイが、金剛寺の役に立てたと喜んでいるのが信じられなかった。

窺うようにふたりの様子を観察する。しかし夜の車中は暗く、嬉しそうな表情に隠されたアイの本心までは読み取れない。

「おい、早く乗れ」

後部座席のドアを閉めた鮫島が居丈高に命じる。ドアを開けると、タイヤンは車に乗り込む前に振り返った。

「ママ、すみません。お世話になりました」

頭をさげる。

「いいのよ。会長の我《わ》が儘《まま》は今に始まったことじゃないし。まあ、元気でやることね」

ぽんぽんとママはタイヤンの背中を軽く叩いた。

「でもね、金剛寺はド変態だから気をつけたほうがいいわよ」

乗り込む寸前、ママが呟《つぶや》いた。

どう変態だというのか。問う間もなく、ママが外からパタンとドアを閉めた。

だが訊《き》くまでもないかと思い直す。

赤い縄で縛《いまし》めたアイに、白いコートだけを身に着けさせて外に連れ出しているのだ。確かに変態だとタイヤンは納得する。

車が滑らかに走り出す。

ここからはもう本当に敵陣だ。この先、頼れるのは自分ひとりという孤独な戦いが始まろうとしている。

もしタイヤンの身分が金剛寺たちにバレたら命の保証はないだろう。

考えただけでプレッシャーに身震いする。だがそれも一瞬だった。走り出してしまえば逆に腹が据わる。

もともとがポジティブな性格なのだ。

† † †

「大丈夫か、アイ。ドンパチは初めてだったろう」

車中、金剛寺が猫なで声で隣に座るアイを気遣う。

「はい、大丈夫です、ご主人様が傍にいてくれたから」

金剛寺のもとに来て二ヶ月が過ぎた。金剛寺がどんな人間かもだんだんわかってきた。

要するに持ち上げてやればいいのだ、なにかにつけ。

ふと前方からの強い視線を感じ顔をあげた。バックミラー越しにシエンがこちらをじっと窺っていた。

アイの中に疑惑が湧く。

本当にあの狙撃は偶然だったのだろうか。

この街で、無謀にも鬼龍会会長を狙《ねら》う対抗組織がいるとは思えない。

大陸系の者かとも思うが、龍幇とはついさっき商売をしようと交渉を始めたところだ。互いの利益は一致している。決裂したならともかく、無駄に争おうとするなど考えにくい。しかしそのことを知らないはぐれ者が動いた可能性はある。

でも、なんのために。

この国の闇の支配者である鬼龍会を怒らせて、いったいどんな得があるというのだろう。それとも金剛寺を恨んでいる者の復讐だろうか。その線なら特定できないくらい山ほどいるだろうが――。

「あ、やぁ……」

突然、出かけに後孔へ埋め込まれたローターがヴィィと微かな音をたててアイの中で振動を始めた。

しかし金剛寺はアイの想像を絶する変態野郎だ。むしろこの状況を楽しむつもりだろう。

まさか、鮫島どころかシエンもいるここで？

金剛寺のねばっこい声が耳にざわりと障ってくる。

「アイ、今日はよくやった。褒美にお前もよくしてやろう」

「う、う……」

「ううっ」

アイは下腹に貞操帯を装着されている。オメガを前にしたアルファが理性をなくし、アイに突っ込むことのないようにだ。金剛寺は悪趣味な上に、独占欲もこの上なく強い。

自分がアイを抱けないから、同じように他の誰にも抱かせたりしない。しかしそれは歪《いびつ》な形でアイを苛《さいな》む。

気に入りの玩具《おもちゃ》はとことん遊び尽くさないと気がすまないらしい。

弄《もてあそ》ばれるアイはたまったものではない。

間断なく前立腺《ぜんりつせん》を擦《こす》り続けるローターに、否応なく快感を与えられ、アイは身悶《みもだ》える。

「は。ぁあ……っ」

嫌だ、こんな姿を見られたくない。

ちらりと上気した顔で前方を窺う。

鮫島はすっかり慣れて素知らぬ顔でハンドルを握っている。ベータの鮫島はアイの痴態に、あまり反応をしめさない。

しかしシエンは――。

「はぁ……んっ……」

快感が増すと、ヒートでもないのに身体からオメガのフェロモンが発せられるらしい。シエンはアルファだ。その中でも、今まで嗅いだことのないあまい匂いを漂わせている。金剛寺にいくら性的に攻められても、こんなふうに感じたことなどないというのに、今、アイはローターだけでなく、煽《あお》るようなアルファの匂いに官能を引きずり出されている。

まさか、自分がこんなに淫らだったなんて信じられない。

今までだって、何度もアルファと接してきた。中にはアイに煽られラット状態になった者もいる。

しかしアイには金剛寺によって貞操帯が嵌《は》められている。狂ったようになるアルファをアイはいつも冷静にあしらってきた。

それでもしつこくすれば金剛寺が容赦なく追い払った。アルファへの奉仕も、ただの性器の摩擦だと、その程度のことなのだと、自分に言い聞かせてきたのだ。

しかし今、アイは頭の芯《しん》から蕩《とろ》かされるような感覚を味わっている。

こんな、アルファのフェロモンが、麻薬のように脳髄を痺《しび》れさせるなんて。

初めての快感を貪《むさぼ》ろうとする身体に、理解が追いつかず混乱する。

「ご、しゅ、じん、さま……っ、も……っ」

とにかく欲に熱く疼く下半身をどうにかして欲しいと思い、隣の金剛寺に懇願する。すると金剛寺は首に提げた貞操帯の鍵を手にすると、アイの下腹から頑丈な革のそれを外した。

「よしよし、もう我慢しなくてもいいんだぞ、アイは後ろでイケるだろ？」

エロオヤジの言葉責めが堪らなく気持ち悪い。

それなのに、身体の芯がとろとろと熱く濡れるのはアルファのフェロモンのせいだ。

シエンがラット状態でないのが、せめてもの救いだった。

これ以上強くアルファのフェロモンを嗅がされたら、本当にヒートに陥ってしまう。

と、助手席に座っているシエンは耐えきれないのか車の窓を下ろす。

「よせ」

しかし隣から伸びてきた鮫島の手に制止されてしまう。

「エアコンを入れているんだ。それに声が外に漏れる」

にやにやといやらしい笑顔を浮かべ鮫島が一瞥《いちべつ》した。

「……そんな」

シエンが切羽詰まった顔をしているのが後ろからも見えた。アイもくっと眉間の皺を深くする。

平気な顔で運転を続ける鮫島を横目に、シエンがこっそりとポケットに手を突っ込んで抑制剤を取り出し口に放り込んだ。

アイも抑制剤を飲んでいる。それなのに今日は――。いや、違う。

クラブのＶＩＰルームではなんともなかったのだ。これはシエンと同じ空間にいるせいだ。

「あ……っ、はぁ……んっ」

あまい吐息、小刻みに揺れる白い身体、そして官能をかき乱す濃厚な香り。

もう限界だった。

まさかこんな小さなローターで自分が達しようとは。

「あっ……あ、あああ――っ」

びくびくと中が痙攣《けいれん》し、縛めから解き放たれた花芯からはぴゅうぴゅうと濃厚な淫蜜が迸《ほとばし》った。

「おお、逝《い》ったか。アイ、よしよし」

アイの光沢のある白いコートは、今はもうずり落ちて腰のところに溜《た》まっている。

首輪をし、赤い縄で身体中を縛められたアイは極まって、身体を反らしてぴくぴくと身体をひくつかせている。

車内に淫靡《いんび》なオメガの匂いが強まる。

アイが巻いた太腿の白いハンカチに、さらに血を滲ませて、シエンが傷口を抓りあげる様が目の端にちらりと映った。

「うっ」

シエンから苦しげな呻《うめ》きが漏れ聞こえた。

初めていたたまれないと思った。

オメガのフェロモンにあてられたアルファがどうなるのか、オメガであるアイはよく知っている。

いくら金剛寺の傍だとはいえ、シエンのような我慢強いアルファは見たことがない。

それにシエンは、おそらく――。

身は快楽に堕《お》ち、しかし心はそれを哀しみながら、アイはぼんやりとシエンの大きな背中を眺めていた。

† † †

タイヤンは眉を顰める。

仕事柄、身体を売るオメガには何人も会ったことがある。確かにみな一様に中性的でかわいらしく、セクシャルだった。それは認める。

しかしアイほど、タイヤンの劣情をかき立てるオメガに出会ったことはなかった。

匂いもまったく違う。これほどまで甘美でくらくらする香りは、今まで嗅いだことがない。芳醇《ほうじゅん》で官能を強烈に刺激する。

これはアイ特有のモノなのか。

まさかアイは——。

『運命の番《つがい》』という言葉が頭をよぎって、思わず苦笑する。

そんなものは都市伝説にすぎない。

ヒート状態になったオメガのうなじをアルファが嚙《か》むのはあくまでも本能で、それで番になったとしても運命だとは思わない。アルファの本能に振り回されるオメガは、運が悪かっただけだ。

タイヤンの戸籍上の父親はアルファだったが、育ての父はベータだ。

オメガだった母は実父である番のアルファの暴力が酷く、ＤＶに気づいた警察官の養父がタイヤンともども保護をした。その後、ふたりは結婚した。

継続的な暴力の後遺症で、心身ともにぼろぼろだった母はタイヤンが小学校三年の時に亡くなった。

記憶にある母は病床にあって、小さなタイヤンを抱き寄せながらベータだった育ての父に幸せそうに微笑む儚《はかな》げな人だった。

オメガがアルファと番《つが》っても幸せになるとは限らないし、相手がベータだったとしても幸せになれるのだ。

ぎゅっと唇を引き結ぶと、感傷的な思い出を頭から追い払い、意識を仕事へと戻した。

今は感傷に浸っている場合ではない。

ただひとりで鬼龍会会長の懐に潜り込むのだ。隙《すき》を見せてはいけない。

「着いたぞ」

横でハンドルを握っていた鮫島が囁《ささや》く。

自分の思考に集中していたタイヤンは、はっと我にかえり顔をあげた。

そこはアルファたちが住む高級住宅街だった。

目の前には、精緻《せいち》な彫刻を施した屋根瓦が乗っている壁のような門が聳《そび》えている。

鮫島がリモコンを操作すると門扉がゆっくりと開いた。

やっとオメガの強烈なフェロモンから解放されると思うと、タイヤンはほっと息を吐いた。

金剛寺の本宅は住宅街の外れの奥まった一軒家で、家というより屋敷といったほうが相応《ふさわ》しい。

監視カメラが数台設置されている重厚な門扉を潜《くぐ》ると、手の込んだ和風庭園が広がっている。その先に見えていた古めかしい純和風家屋の正面で、ゆるゆると走っていた車は停まった。

見るからに柄の悪い男たちが走って出てきた。車のまわりに集まると、一斉に深々と頭をさげて挨拶をする。

「会長、お帰りなさいっ」

「会長、お怪我はありませんか」

すぐさま駆け寄ってドアを開けた男は、顔写真で見知っている。事務局長の阿久津《あくつ》だ。でっぷりとした金剛寺とは対照的に瘦《や》せぎすで、銀縁眼鏡《めがね》をかけカマキリのような風貌だ。

髪は薄く額が広い。歳《とし》は四十前後くらいだろうか。

金剛寺が狙撃されたことは、すでに電話で鮫島が伝えていた。心配そうに金剛寺の様子を窺っている。

「ああ、大丈夫だ」

鷹揚に応えると金剛寺は太った身体を揺すりながら、手中の鎖を引っ張って車から降りた。と、その勢いでアイも車から引きずり出される。

いつの間にかコートを着直していたアイは頬を紅潮させ、息を乱しながらも、それでもなんとか自分の足でよたよたと歩いていく。

アイの体内には、まだ電動ローターが埋まっているのだろう。おぼつかない足取りで、金剛寺に寄りかかるように歩いていく。ふたりの後ろを阿久津が付き従う。

「大丈夫か？」

タイヤンを乗せたまま、鮫島は車をゆっくりと動かした。

車内はまだアイの匂いが充満しているが、さっきドアを開けた時に薄まり耐えられないほどではない。

「はい、なんとか」

慌てて飲んだ抑制剤もやっと効いてきたのだろう。

「挨拶がまだだったな。俺は鮫島だ。よろしくな」

向き合って、初めてまともに鮫島の顔を見た。色褪《いろあ》せた茶色の髪を短く刈り込んでいる。ワイルドな顔立ちだが、笑うとくしゃりと顔中に皺が寄り愛嬌があった。

「よろしくお願いします」

ぺこりと頭をさげた。

鮫島は補佐兼ボディガードということだが、言ってみれば金剛寺の手足のようなものだろう。事務局長の阿久津は金庫番というところか。実質このふたりが金剛寺を支え、鬼龍会を切り盛りしているらしい。

「ついてこい。初仕事だ」

車を車庫に入れた鮫島は、タイヤンを促し屋敷へ向かう。

沓脱《くつぬぎ》だけで二畳はありそうな広い玄関から家に上がる。

この屋敷に会長夫人はいない。

三年前、若い男に入れあげたあげく、金剛寺に叩き出されたという話だ。男のほうは行方不明で今も見つかっていない。

夫人が浮気したのは金剛寺が男として不能になったからだ、とすべてママからの情報だ。ママがここまでタイヤンに話したのは、おそらく下心があったからだろうが、気がつかないふりを押し通した。

情報の代償に身体を使うのはタイヤンの流儀ではない。その代わり、あのクラブで働いていた期間は無給だったし、店のルールを無視して女の子に絡む質《たち》のよくない客はタイヤンが問答無用で対応した。それで報酬は相殺《そうさい》したつもりだ。

もちろん、ママからだけではない。鬼龍会に関することなら、どんな些細《ささい》なネタも黒服も含め、クラブの従業員たちからも漏らさず聞き出した。

長い廊下を歩きながら、鮫島に気づかれないよう辺りを見回す。廊下の右手は障子が並び、左手は中庭に面していて、ガラス戸が続いている。

今は姿が見えないが、家事は通いで年配のハウスキーパーが仕切っているらしい。タイヤンが金剛寺を助け、ボディガードとして雇われたことは、もうこの屋敷には知れ渡っているのだろう。若い男たちが尊敬の眼差《まなざ》しでタイヤンをちらちら見るのが面映《おもは》ゆい。

「こっちだ」

鮫島が突き当たり右手の障子を開けた。

六畳ほどの簡素な部屋だ。真正面には鉄製の頑丈そうなドアがある。

右側には作り付けのクローゼットがあり、左の壁際には安っぽいパイプベッドが置かれている。

「この奥はオヤジの寝室だ。お前は俺と夜間交代で、この部屋でオヤジの警護をするんだ」

そう言うと鮫島は右側のクローゼットを開けた。

「一日おきということは、今日泊まれば明日の夜は家に戻ってもいいんですか？」

「ああ、昼間はオヤジについて歩いて、夜、オヤジをここに送り届けたら帰れる」

雑多な物が詰め込まれているクローゼットの中をひっかき回すと、鮫島は着古したジャージと救急箱を取り出した。

「とりあえずこれを着ろ。明日、新しいスーツを用意してやる」

鮫島から両方を受け取る。タイヤンはアイが巻いた太腿のハンカチを解くと、黒服を脱いでボクサーパンツ一枚になった。

パイプベッドに腰かけると傷口を検《あらた》める。

太腿の傷は小さな一文字に皮膚を赤く焼き裂いていた。

しかし流血のわりに傷は浅い。縫うほどでもないと自己判断すると、消毒し化膿《かのう》止めを塗って絆創膏《ばんそうこう》を貼《は》る。

痛みはあるが、ここまで普通に歩いてこられたのだから医者に診《み》せるほどのこともないだろう。

金剛寺を襲った狙撃手は、さすがオリンピック代表になったほどの腕前だ。

まったく見当違いの方向へ撃つのでもなく、深手を負わすでもない絶妙の加減だった。

もっとも、そのためにタイヤンも含めて入念に準備し、リハーサルを繰り返した。

日頃の訓練の成果だろう。

と、奥の寝室から、微かな喘《あえ》ぎ声が聞こえてきた。思わず頭を巡らし、視線を鮫島に遣る。

鮫島はやれやれというふうに肩を竦めると、ぽんとタイヤンの肩を叩いた。

「俺は、今日はこれであがりだ。お前ももう休め。もっとも休めたら、だがな」

意味深に含み笑いをして、鮫島は部屋を出ていった。

「シエン」

金剛寺がドアの向こうから呼んだ。

「はい」と応じ、急いでジャージを着ると、ドアをノックする。

「入れ」という言葉に、「失礼します」と返し、ドアを開けた。途端、目を瞠る。

十五畳ほどの寝室。真っ先に目に飛び込んだのは、壁際に置かれた天蓋《てんがい》のあるキングサイズのダブルベッドだ。だが、それだけはない。

天井にはロープが吊《つ》られ、磔《はりつけ》用の柱や三角木馬、他にも鎖や鞭《むち》の類《たぐ》いが目に入った。

ベッドの端に座った金剛寺の前で、アイは全裸を赤い縄で縛められている。股間には黒革の細いベルト。

　白いコートの下からちらりと見えた白い肌に食い込んだ赤い縄を思い出す。

「はぁ……、あ……っ」

　後ろ手に縛られ息を乱し、がくがくと身体を震わせながら、アイはこちらに身体を向けて膝立《ひざだ》ちをしている。

　黒い革ベルトで覆われた先端からは、透明な露がとろとろと湧きだしている。

　ずっと挿入されたままだったのか、股間から響くローターのヴィィという微かな機械音。

　あまりに異様な光景にタイヤンは一歩も動けず、白い肌に縄を食い込ませて喘ぐアイを見つめていた。

「は……ぁ、んっ……っ」

　艶《なま》めかしく上気した顔に、歪む柳眉《りゅうび》。潤む切れ長の黒い双眸。目を伏せると、長い睫毛《まつげ》が影を落とす。

　桜の花びらのような形のいい小さな唇からは、あまい喘ぎ声。

　男だとわかっていても、あまりの色香にごくりと生唾《なまつば》を飲み込む。

　部屋の中に満ちているアイの放つ、濃厚で甘美な匂いに襲われる。やっと抑制剤が効いてきたと思っていたのに、強く官能が刺激され、ずくんと身体の芯が熱く疼く。

「今日は世話になったな。礼をしよう」

今まで眼中に入っていなかった金剛寺の声が意識の遠くから聞こえる。

「アイ、わかっているな。俺の恩人だ。存分に満足させてやれ。ただし口だけでな」

「は、は……ぃ」

身体の中心の、黒革のベルトで縛められた屹立《きつりつ》からぽたぽたと涎《よだれ》を滴らせ、アイは金剛寺の命令にこくりと頷く。

わななく膝を床につけると四つん這《ば》いになってタイヤンへとにじり寄る。

射るように見上げる強い眼差しに既視感があった。だがそんなはずはない。アイはれっきとした男で年齢も違う。

一歩、また一歩と歩くたびに、赤い首輪についている鎖がチャラチャラと鳴った。

近づいてくる淫靡な獣を前に呆然《ぼうぜん》とする。

しかしフェロモンを放ってはいるが、アイのこれはまだヒート状態ではない。タイヤンも効果が薄れたとはいえ抑制剤を飲んでいる。

それなのにタイヤンの欲望は芯を持ち、借りたジャージの股間をうっすらと膨らませている。

「あ……っ、ご、しゅじん、さま、を、たすけて、くれて……っ、あ、ありがと……っ」

声が震えているのは、後ろに埋め込まれたローターのせいだろう。黒革の貞操帯で抜け落ちないようガードされている。

アイはタイヤンのジャージのボトムにほっそりとした指先をかけると、ゆっくり引き下ろした。

身体の奥がじんじんと痺れる。頭がぼうっとする。

呆然とアイを見下ろす。

あまい媚薬《びやく》のような薫りが、いっそう強くなる。

下着とともに下ろされたジャージから現れた、黒々とした茂み、アルファの象徴のような赤黒く猛々《たけだけ》しい屹立。

アイは慣れたふうでタイヤンの雄に指を添えると、桜の花びらのような可憐な唇にぱくんと含んだ。

「うっ……」

オメガとは、アルファを狂わす危険な生物。

学校で、あるいはアルファのための研修で、さんざんその言葉を叩き込まれていたが、こうして間近に接してみると実感としてよくわかる。

こんな状態でオメガに抗《あらが》えるアルファなどいるはずがない。

「んっ……、ふぁ……んぐぅ」

嵩《かさ》も太さもあるタイヤンのモノを口いっぱいに咥えているせいで紅潮した頬を膨らませたアイは苦しげに眉を歪め、眼を潤ませている。

しかし、その苦悩の表情とは対照的に、熱くねっとりとした小さな舌は器用に動き、熱心にタイヤンの猛々しい雄に絡まり舐めあげる。

「うっ」

あまりの気持ちよさに、思わず声を漏らす。

あまり口淫をされた経験がないタイヤンにもアイの舌技が上手いのはわかる。同じ男だからだろうか。絶妙にタイヤンの性感ポイントを舐めあげ、くちゅりと啜《すす》りあげる。

今までもこうして、何人もの男のモノを咥え込んできたのだろう。

こんなかわいい顔をつらそうに歪めて。

かわいそうにという憐《あわ》れみの情が湧くのに、アルファの本能がオメガを貪るように、思わず形のいい小さな頭を押さえつけ腰を突き上げてしまう。

「んんっ、ぐふぅ……っ」

タイヤンの、アイの口には収まりきらないほどの質量のモノで、無理やり奥深くまで突かれたのだ。

潤んだ眼を閉じ、アイが綺麗な顔を顰《しか》めて、苦しそうに噎《む》せ込む。が、それでもタイヤンの昂《たか》ぶりを口から離そうとはしなかった。

けなげにも初めて口に含んだタイヤンの劣情を、くちゅくちゅと宥《なだ》めるように愛撫《あいぶ》してくれる。

よほど金剛寺に躾《しつ》けられているのだろう。

しかし不憫《ふびん》だという気持ちを裏切るように、タイヤンの屹立は荒ぶり、アイの口腔を犯すのだ。

「ふ……、き、もち、いっ?」

すっかり育ちきったタイヤンの雄をしゃぶりながら、アイは尋ねる。可憐な唇は唾液《だえき》と先端から滲んだ淫水で、ぬらぬらと光っている。

タイヤンの逞《たくま》しい腕で抱きしめると、折れてしまいそうなほど華奢でか弱そうな肢体は、充分庇護《ひご》欲をそそられる。

護ってやりたい。助けてやりたい。

そう思うのに、アイからくらくらするような快感を与えられ、この華奢で美しいオメガの少年を押し倒し、思う存分、欲望を身体の一番奥深くまで叩き込みたくて仕方ないのだ。

「あ、ああ……」

凶暴な欲望を抑え込むように頷くと、アイは嬉しそうに口角を上げた。その表情に、まさかこんな行為が嫌ではないのだと、発情期でもないのに、この子はこれを悦んでいるのかという疑問が湧く。

確かにオメガにはそういった、いわゆるセックス依存症患者が多いのも事実だ。だが、それはアルファに性的虐待を受けた結果、そうなるのだとタイヤンは思っている。

アイがこんな気持ちの伴わない行為を、悦んでいるなどと信じたくなかった。

けれど、タイヤンの肉は事実、悦んでいるのだ。

気持ちの伴わない、この行為を。

アイが抑制剤を飲んでいるのは間違いない。タイヤンもラット抑制剤を服用している。

車の中ではそれでなんとか凌《しの》げた。

しかし初めて経験するオメガの口淫に、今までのセックスで味わったことのない快感がこみあがる。身体中がアイを欲しておさまらない。

口淫だけでは足りない。目の前のオメガが欲しい。

押さえつけてのしかかり、狂おしいほどあまく蠱惑《こわく》的な匂いを垂れ流す身体の奥深くに気がすむまで己の精を注ぎたい。

このオメガの中を余すところなく自分の精でいっぱいにして孕ませたい。

鉄が磁石に吸い寄せられるように、アイの身体に惹《ひ》きつけられて、ただただ渇望して止《や》まない。

唇で、口で、舌で、ねっとりと愛撫されているタイヤンの雄が、涎をだらだら垂らしてアイを欲しがっている。

今にも散りそうなほど薄く小さな桜の花びらなのに。壊れそうなほど華奢な身体なのに。ダメだと思うのに、腰を突き上げ可憐な口腔を犯すことを止められない。

アイが欲しい。自分の種を孕ませたい、孕ませたい。

「う、うっ……」

後頭部を押さえつけ、気持ちの望まぬままに精を吐き出す。

アルファもラット状態でなければ、一般的なベータと射精形態は同じだ。

性器の付け根にアルファ特有の瘤《こぶ》は現れず、射精時間もそう長くはない。とはいえ、それでも一般的なベータよりは量も長さも上回っているだろうが。

オメガのフェロモンに因ってラット状態を誘発されれば、性器の根元に亀頭球が現れる。それが蓋《ふた》の役目を果たし長時間繋がったまま、何度も多量の射精が続いていく。

もっともタイヤンはまだラット状態に陥ったことはないから、経験ではなく知識としてしか知らないのだが。

アイは、ほっそりとした喉をこくんと上下させ、タイヤンが口腔に放った精を飲み下した。

その様子を呆然と見下ろす。

赤い縄で縛められた折れそうなほど華奢な肢体は、うっすらと桃色に染まっている。

さらに視線を下ろすと、黒革の貞操帯に押さえつけられた蜜《みつ》に塗《まみ》れた慎《つつ》ましい昂ぶりが震えている。

「うう……っ、は、ぁ……っ」

貞操帯の後ろは、今も微弱な振動音を響かせている。

反り返った先端から、とろとろと噴き零《こぼ》れる透明な露が薄紅色のかわいらしい肉茎を伝って滴り落ちる。

欲望をアイの口に吐き出したばかりなのに、まだ身体の熱がおさまらない。

思わず身体を屈《かが》め、快感に耐えるアイに手を伸ばしかけた時だった。

「そこまでだ」

びくっと手が止まる。

顔をあげると、ベッドに胡座《あぐら》を組んでいる金剛寺と目が合った。苦いものが胸に落ちていく。タイヤンは立ち上がりざま、まだ興奮のおさまらない自分の雄を金剛寺から隠すように下着ごとボトムを引っ張り上げた。

「お前もアイが欲しいんだろ？　だがな、アイは俺のモノだ。誰にもやらん。アイ、こっちへ来い」

下卑た笑いを浮かべながら、金剛寺がアイの首に繋がる鎖を思いきり引っ張った。

「あうっ」

不意のことにアイの体勢が崩れる。そのまま金剛寺のいるベッドへと引きずられていく。首が絞まるのが苦しいのだろう、両手指を首輪にかけてもがいている。

アイがベッドまで戻ると、金剛寺は身体を屈め、頭を撫でた。

「よしよし、今日はよくがんばったからたくさん褒美をやろうな。ベッドへ上がれ」

アイは一瞬、目を瞠った。だが、すぐに「はい」と答え、言われたとおりにベッドに上がる。

金剛寺は仰向けにしたアイの手首に枷《かせ》をつけ、ベッドの支柱の鎖に繋げた。

「存分にかわいがってやる。他の男が欲しいと思わないくらいにな」

アイの両足を左右に拡《ひろ》げ、自身の身体を割り入れた。そして首にぶら下げていた小さな鍵で黒革の貞操帯の錠を外し、無造作に取り払う。

晒《さら》されたアイの下腹に茂みはなく、小さな子供のようにつるつるとしている。

下肢を大きく拡げられているから、百合の蕾《つぼみ》のように可憐な桃色の性器が露《あら》わだった。

金剛寺は、アイの薄い腰を持ち上げた。

窄《すぼ》まりから小さなローターを取り出し、黒々としたバイブを代わりにあてがう。

淫靡な水音とともに、バイブはアイの尻のあわいにずぶずぶと埋め込まれていく。

「あっ、ああああ……っ」

身体を仰《の》け反《ぞ》らせて、アイは悲鳴をあげる。

「ははっ、毎日、俺がかわいがってやっているから随分いやらしい身体になったな、アイ。こんなに感じているぞ」

金剛寺はアイの身体に突き立てたバイブを、じゅぼじゅぼと抜き差しする。

「はぁ……、あ、んっ、やぁ、ほど、いてぇ……あ、あんっ」

ベッドから離れているタイヤンの位置からでもアイの花芯が蜜を噴き零し、ぷるぷると揺れているのがわかる。

瞬《まばた》きも忘れてアイの淫らな姿に魅入る。

欲しい欲しい欲しい。

あのバイブを抜いて、自分の欲情を思うさまぶち込みたい！

頭の中は、ただただそれだけしかなくなる。

すぐにでも金剛寺を突き飛ばし、アイの身体にむしゃぶりつきたいのを耐えるために自分の腕に思いきり嚙みつく。

「お前は、もうさがっていいぞ」

どこか遠くから聞こえるような金剛寺の声に、しかしタイヤンは従わないわけにはいかなかった。

今、金剛寺に逆らうわけにはいかない。自分がここに来た目的を忘れるな。

痛みに、わずかばかり理性を取り戻す。

「は……い」

喉が渇いてひりつく。

やっと掠《かす》れた声で返事をすると、必死で本能に逆らって隣の自分の部屋へ戻る。

「あ、ああ……っ、やぁ……んっ、も……イき、たぃっ、あ、あんっ……」

なんとかベッドに潜り込んでも、絶え間なく続くアイの嬌声《きょうせい》とオメガの匂いが、タイヤンの感覚を支配し、おかしくする。

理性のリカバリーがきかない。

身体がアイを欲しがって、熱く昂ぶっている。

ボトムをさげると、張り詰めた自分の劣情を自ら慰める。

アイの嬌声と、オメガのあまく蠱惑的なフェロモンがタイヤンから正気を奪う。

オカシタイオカシタイ。ハラマセタイハラマセタイ。

アイを思うさま蹂躙《じゅうりん》したい！

そればかりが、ぐるぐると身のうちを駆け巡る。

さっきのアイの口淫を思い出す。

薄い唇がタイヤンの欲望を咥え込み、熱くてねっとりとした舌先が、チロチロと昂ぶる雄を舐めあげていく。

「うっ」

何度吐精しても熱はおさまらなかった。

隣から微かに聞こえる淫らな水音と、艶めかしい声、オメガの毒のようにあまい匂い。

ホシイホシイ、アノカラダガホシイ。

蹂躙するのは、果たしてどっちなのか。

簡単には果てそうもない欲望がどす黒くタイヤンの体内に熾火《おきび》のように燻《くすぶ》る。

闇雲に腕を噛む。

もうどこもかしこも咬《か》み痕《あと》だらけで、滴った流血でシーツまで真っ赤だ。

けれどまだ欲望はおさまらない。

「欲しい、オメガが。俺の……っ」

まさかオメガが、これほどまでに凶暴だとは思わなかった。

白々と夜が明け始めた頃、やっとタイヤンは微睡《まどろ》むことができた。

浅い眠りだった。

過剰なストレスに晒されると、決まって見る夢がある。

アルファだった実父の暴力から母とともに、ようやく逃げ込んだオメガシェルターにいた頃の夢だ。

五歳だったタイヤンはひとつ年上の、母親がネグレクトだったシノブという少女と知り合った。

シェルターには他にも何人も子供がいたが、生気のない顔で人の顔色ばかり窺っておどおどしていたり、反対に躁《そう》的にはしゃいだりする子供の中で、彼女はひとり胸を張り、常に挑むような強い光を宿した眼差しを周囲に向けていた。

への字に曲げた口に、笑顔の浮かぶ隙はない。

しかし透き通るほどの白い肌に切れ長の黒い双眸、すっと細くまっすぐに通った鼻梁《びりょう》、桜の花びらのような可憐な唇、幼いながらもシンメトリーに整った綺麗な顔立ちには目を奪われた。

しかし容姿以上にタイヤンを惹きつけたのは、白いコットンのシンプルなワンピースに身を包んだ彼女の佇《たたず》まいだ。まるで峻険《しゅんけん》な崖《がけ》に一輪だけ凛《りん》と咲く白百合のようで、心が強く揺さぶられた。

と、タイヤンの不躾《ぶしつけ》な視線に気づいた彼女は、綺麗な顔を不快そうに歪めて近寄ってきた。

怒られる。

ひやりとして、その場に立ち竦んだまま、ぎゅっと目を閉じた。

「それ」

「え？」

子供らしからぬつっけんどんな口調に、思わず目を開けた。

「傷だらけだ」

シノブが指さしていたのは、母親を庇《かば》って、実父から殴られた際にできた手脚の痣《あざ》だ。

「あ、ああ、これ、は……えっと」

どう説明しようかと考える暇もなく、いきなり屈み込んだシノブが傷痕に触れた。

「ち、ちょっと汚いよっ」

実際、半ズボンの下に見えている脚は紫や黒褐色のまだら模様で、シノブのワンピースの裾からすらりと伸びている細くて真っ白な素足と並べると、恥ずかしくて堪らなかった。

「バカを言え。そんなことより治すほうが先だろう」

天使のような顔をした彼女はとても口が悪かった。だけど小さな手はとてもあたたかだ。

連れていかれた医務室で彼女自ら消毒をしてくれて、傷テープを貼ってくれた。

「あ、ありがとう」

お礼を言う。しかし彼女は応えず、すっと立ち上がると、黙って去っていった。

シノブと友達になりたいと思ったが、彼女は必要以上にシェルターの誰ともかかわらないようだった。それに綺麗な女の子に用もないのに声をかけるのは、なんだか気後れがした。

シノブの姿をちらちらと気にしながらも、声をかける勇気もないままに日にちが過ぎていく、そんなある日。

シェルターではきちんと三食の食事と食べ盛りの子供には三時におやつが支給されたが、焼き菓子ばかりでケーキは誕生日でもなければめったに食べられなかった。しかし幸いタイヤンには実父の暴力から自分たち親子を助け出してくれた警察官が、時々ケーキを持って面会に来てくれることがあった。

タイヤンはそのもらったケーキを手に、思いきってひとりでいたシノブに声をかけた。

「ケーキ、一緒に食べる?」

彼女は一瞬、吃驚《びっくり》したように目を瞠ったが、すぐに無言でこくんと頷いてくれた。

ものすごく嬉しかった。

春先だった。施設の花壇には色とりどりの花が咲いていた。その上には透き通るような青い空。

瑞々《みずみず》しい緑の芝生に座って、白いワンピースを着た天使のように可憐なシノブが、自分の隣でおいしそうにケーキを食べていた。

「おいしい」

いつも無表情なのに、その時のシノブは幸せそうに微笑んでいた。

それからタイヤンは急速にシノブと仲良くなった。

いつも夢に見る幸福な光景だ。

『運命の番』

夢の中でシノブはいつもそう言った。

「運命の番?」

タイヤンが繰り返して呟くと、シノブははにかみながらも口許をほころばせ小指を差し出した。

約束だよ――。

彼女が笑うと、本当に白百合の花が咲いたようにぱあっと辺りが明るくなった。

花壇の花よりもずっと色鮮やかで、その笑顔に見惚《みと》れながらタイヤンも小指を突き出すと、嬉しそうに小指を絡めた。

夢のように綺麗だ、と思ったら、本当に夢で、ふっと目が覚めた。
二、三時間ほど眠っていたらしい。
いつも見る夢なのだが、いったいどこまでが実際にあったことで、どこからが夢想なのか、タイヤンにはよくわからない。

六歳の少女が『運命の番』などという言葉を知っているとは思えなかったし、その頃はまだタイヤンがアルファだということも彼女の後天的性別もわからなかった。

血液検査等で第二の性別が確定するのは、個人差もあるがだいたい十三歳前後だ。

だから、『運命の番』の指切りは、きっとタイヤンの願望なのだろう。

ふるふると頭を振ると、大きく伸びをしてしっかりと覚醒《かくせい》する。

障子越しにも明るい光が射し込んで、朝の気配が漂っている。

久しぶりに大好きだった初恋の少女の夢を見て、胸には懐かしくあたたかいものが残っていた。

タイヤンがオメガシェルターでシノブと一緒に過ごしたのは、半年ほどだった。母親が警察官だったベータの養父と再婚したからだ。

また会おうと約束したが、子供の頃はひとりでの遠出を許してもらえなかったし、もともと身体の弱かった母親が寝ついてからは、いつ急変するかわからず傍を離れられなかった。

小学校三年で母が亡くなり、父はハウスキーパーも雇ってくれたが、それでもタイヤンは血の繋がりのない自分を家に置いてくれる父のために、できるかぎり家事をこなそうとがんばった。

中学に入学してすぐに父は同じベータの女性と再婚した。

時間のできたタイヤンはシノブに会うためにシェルターを訪ねたが、すでに血液検査でアルファと判明していたタイヤンは、立ち入ることも面会もできないと断られた。

せめて近況だけでも教えて欲しいと粘ったが、個人情報だからとそれも却下され、そのまま会えずに今日まで来てしまった。

その後、続けざまに弟妹が産まれ、ベータ間でできた子供ならほぼベータと決まっていたし、アルファのタイヤンの居場所は家庭にはなくなってしまった。

だから警察官任用試験を受け、合格したタイヤンは高校を卒業すると同時に全寮制の警察学校に入って、早々に自立した。

警察官になったのは、幼い頃に養父に助けられたことがきっかけだ。自分も弱い立場の人間を助けられる仕事がしたいと思ったのだ。

それからはずっと忙しい日々を送っている。過酷な現場が続くと、本能が癒《い》やしを求めるのか、決まって幼い頃に一緒に遊んだシノブの夢を見るのだ。

口は悪かったが、優しくて本当に天使のような少女だった。

二十六歳のタイヤンより年上だから、今二十七、八のはずだ。もう結婚しているだろうか。

会いに行く約束は結局果たせなかったが、シノブもどこかで元気で幸せに暮らしていればいいと、今でも思い出すたびに願わずにいられない。

タイヤンと一緒にケーキを食べた時の、あの幸せそうな笑顔が忘れられなかった。

起き上がると、忍び足で寝室のドアを薄く開けた。隙間から中の様子を窺う。

金剛寺は、いぎたなくベッドの上でぐうぐうと寝こけている。アイはベッドの下で手を縛られたまま蹲《うずくま》っている。

こちらに丸めた背を向けているから、尻のあわいにバイブが埋め込まれているのが、はっきりとわかる。

「う、ううっ……、あ、んっ」

ぶるぶるとバイブが震え、アイはずっと身悶えている。

ごくりと生唾を飲み込む。

下半身が熱く疼く。

バイブではなく、もっと別の……。

と、考えはじめたところでもうすでに噛みすぎて血まみれの腕に、さらに噛みつく。

忘れるな、自分の任務を。

まだ、やっと金剛寺の家に潜り込めたばかりなのだ。ここで問題を起こすわけにはいかない。

深くため息をつくと、タイヤンは抑制剤を取り出して、口に放り込んだ。

喉も渇いていた。

水を飲んで渇きを癒やそうと思い、部屋を離れた。


「よう、相棒。昨夜《ゆうべ》はぐっすり眠れたか？」

キッチンで水を飲んでいたら、いつの間にやってきたのか、背後から鮫島の声がした。

振り向くと、真新しいスーツを手ににやにやしている。

「お陰様で」

「派手に傷が増えてるな。猫にでも噛まれたか？」

おそらく事情は察しているだろう鮫島は、腕の噛み痕を見てからかう。

「なかなかかわいい子猫でしたが」

昨夜のアイの痴態が、熱を伴って思い起こされる。

あんな口淫は初めてだった。あんなにも狂おしく欲望をかき立てられたのは。

鮫島と連れだって部屋に戻る。

奥の寝室からは、もう物音はしない。アイは眠れただろうか。

鮫島は緩めていた顔を引き締めた。

「おい、わかっていると思うが、オヤジのオンナに手を出すなよ。マジで殺されっから」

「もちろん、わかっています」

しかしこれから先を思うと、こんな状況に耐えられるだろうか。

たった一晩、ぐるぐると身体を駆け巡り続けた強烈な劣情を思うと、タイヤンはげんなりとする。

「しかし鮫島さんはよく耐えられますね。この匂い、まだ相当ですよ」

オメガのフェロモンに耐えきれず、窓のある廊下側の襖《ふすま》を開け放ち換気をしていた。

それでもまだ媚薬のようなオメガの匂いが漂っている。

「そうか？　確かに匂いはするが、そんなには……」

鮫島は首を傾《かし》げる。そしてなにかを思いついたようにタイヤンを見た。

「ああ、お前、アルファだったな」

「はい、そうです」

タイヤンは頷く。

「ふうん。でも、まあ、この体格だもんなあ」

鮫島にぽんと肩を叩かれた。

「それはそうと、さっさと着替えろ」

「はい」と応えると、素早く鮫島の持ってきたスーツに着替える。

「さてと、じゃあ子猫を風呂《ふろ》に突っ込んでくるか。その間にお前は適当に朝飯を食ってこい」

「風呂に？」

タイヤンは首を傾げる。

「そう。ああ、言ってなかったな。あのオメガを風呂に入れたり、飯を食わしたりするのも俺たちの仕事のひとつだ。まあ、基本見張っているだけでいいんだが、何度も言うが妙な気だけは絶対に起こすなよ。お前がアルファならなおさらな」

ぴしりと鮫島は、タイヤンの胸に人差し指を突きつけた。

そしておもむろに背を向け、

「おはようございます。オヤジ、鮫島です。失礼します」

と、奥のドアに向かって声をかけると、寝室へと入っていった。

タイヤンはふたたびキッチンへ向かう。

冷蔵庫を開けると、たっぷりと食料が詰め込まれていて、ふたり分の膳《ぜん》がすぐ取り出せるように入っている。おそらく金剛寺とアイの分だろう。

通いのハウスキーパーは前日に朝食の支度をして帰るようだ。

タイヤンは鮫島に言われたとおり、食べ物を適当に漁《あさ》って口の中に放り込んだ。

コーヒーを淹《い》れダイニングテーブルにつくと、左手のモバイルフォンを開いた。

なにか暴力団や大陸系マフィアがらみの事件は起きていないか、と注意深くニュースに目を通す。

もちろん秘密裏におこなっている捜査はマスコミには出てこない。

国内の暴力団組織が鬼龍会を中心に一応でもまとまっている昨今では、警察が介入するような表だった派手な抗争は、今のところ起こっていない。

それは国内だけに限ったことではなかった。

以前は縄張り争いで抗争が絶えなかった大陸系マフィアとも互いの利害が一致するなら、多少は妥協してビジネスパートナーになろうとしている。

昔気質《むかしかたぎ》の鬼龍会会長金剛寺も利益のために、やっと重い腰を上げたらしい。

その結果、どうなるか。

今まで国内の裏組織が大陸マフィアに縄張りを荒らされるのを嫌がって閉め出してきた大陸製の粗悪な薬物や銃器が大量に流入するのだ。

今回のタイヤンの任務は、金剛寺が大陸系マフィアの誰と手を組むのかを掴むこと。そしてできるかぎり確実な密輸の情報を手に入れること。この二点だ。

コーヒーを飲みながら、これからの段取りを考える。

怒らせたら怖いと聞いていた鮫島は、なにかと面倒見がよく年上だが気さくだ。上手く取り入って、できるだけ情報を引き出そう。

それからアイ。

一番、深く金剛寺の懐へ入り込んでいるのは確かだ。

しかしそれにしても――。

昨晩のアイの姿態をまた思い出した。

あんな少年が、金剛寺のような男にいいように弄ばれているなどと。

いや、それを憤る資格はタイヤンにはない。

なにしろ自分もアイに口淫をさせている。その上、あんなにも浅ましくアイの身体をおかずにして、悶々《もんもん》と眠れない夜を明かした。

あれはタイヤンの意志ではない、アルファの本能だ、と言い訳するのは卑怯《ひきょう》だ。自覚した上で、どうしても助けてやりたいと思う。

アイのようなオメガが闇社会の人間の慰み者になっているのはやりきれない。

自分が綺麗事をいっているのは、わかっている。

アイを救ってやりたいとか、かわいそうだと思いながら、本能はアイの身体を欲しがっている。自分だって最低のアルファだ。

「ああ、俺はなんて汚い大人なんだ」

ガシガシと頭を掻《か》きむしる。

「なにしてんだ」

振り向くと鮫島が立っていた。

「いや、なんでもありません」

「ふん、まあいいや。それよりシエン、今日は傘下の組長が事務所に集まる幹部会だ。お前もすぐに顔を覚えろ。連中は上下関係にうるさいからな。俺もできるだけサポートするが、名前を間違わないよう気をつけろよ。マジで殺されっから」

口癖なのか、鮫島はぞっとしないことを平気で何度も口にする。

「わかりました。写真はありますか?」

「写真か。ちょっと待ってろ」

鮫島は、タイヤンのために探しに行った。

他にも組織図のようなものも持ってきて、金剛寺が起きるまでレクチャーをしてくれた。それをタイヤンは頭の中のデータと照らし合わせていく。

金剛寺は遠からず大陸のシンジケートと接触するはずだ。

鬼龍会が大陸系マフィアと接触する前に潰すことができれば、外からの大きな密輸ルートはほぼ断たれる。

だが上の考えはともかく、タイヤンが守りたいのは特権階級のアルファではない。

母やアイのように、アルファに傷つけられ搾取されているオメガだ。

そのためにタイヤンは警察官になったのだ。

自分は決してオメガを傷つけないし、傷つけたくはない。できるだけ早く必要な情報を入手して、アイを連れてここから無事に逃げ出す。

タイヤンは、そう強く決意する。

鮫島は気さくではあったが、やはり金剛寺の忠実なボディガードだった。

少しでも踏み込んだことを訊くと、なぜそんなことを訊く？　というような顔をするので、あまり踏み込んだ質問をするのは危険だと感じた。

怪しまれないギリギリのラインを見極め、なおかつできるだけ多くの情報を聞き出す。

鬼龍会の組織図、人間関係、主要な人物の性格。そのあたりはボディガードをする上でも必要なことだった。

タイヤンは鮫島から得た情報を短時間のうちに頭に叩き込んだ。


昼近くに起きてきた金剛寺に付き従い、タイヤンは鮫島の運転するベンツで本宅を出た。

今回、アイは同行していない。

トイレに行くついでにこっそりと戻った金剛寺の寝室のドアは、開けようとしたが鍵がかけられていた。

おそらくアイは、この中に閉じ込められているのだろう。

寝室の奥には、ガラス張りのユニットバスがあった。

そもそも寝室自体がラブホテルのプレイルームかと思うような趣味の悪さだが、人を監禁するのにも使えるらしい。

ドアの向こうは静かだった。明け方まで金剛寺に玩具にされたアイは疲れて眠っているに違いない。

ドアの隙間から、アイの匂いが漏れていた。

アルファを惹きつけるオメガの匂い――。

「おい、着いたぞ。ぼやぼやするな」

鮫島の言葉に、はっとして顔をあげる。

見るからに高そうな料亭の玄関前に、黒のベンツは滑るように緩やかに停まる。

車を出迎えるように、数人のスーツ姿の男たちが玄関の前に並んでいる。その中心には、和服姿の女将《おかみ》が立っている。

タイヤンは車を降りると、左右に目を光らせながら後部ドアを開けた。

「会長、お待ちしておりました」

女将の言葉に金剛寺が鷹揚に頷く。

タイヤンは金剛寺を後ろに護る形で、先を歩く。

そして前もって来ていた配下と車の運転席を入れ替わった鮫島が、金剛寺の後ろにぴったりと付き従う。

広間に入ると、すでにメンツは揃っていた。

「待たせたな」

鷹揚に言い放つと、金剛寺は床の間のある上座、中央に座った。その背後にタイヤンと鮫島が並んで立つ。

やがて鬼龍会事務局長の阿久津の仕切りで会が始まる。

タイヤンは、どの組がどういう類いのシノギで、どれだけ利益をあげているのか、鬼龍会金剛寺とどういった関係か、逐一漏れのないよう神経を集中する。

一番知りたかった大陸マフィアの話は、どこからも出てこないし、金剛寺も一言も口にしない。

タイヤンの見た感じ、どうやら大陸とのパイプは金剛寺たちが独自に開拓し、資金源にしようと極秘裏に進めているようだ。

それからもうひとつわかったことは、子供のいない金剛寺の跡目を継ぐのは鬼龍会ナンバー2の補佐の武闘派、鮫島らしい。幹部たちは年下の鮫島に対して、そのように接していた。

早々に幹部会は終わり、後は酒宴の席になった。芸者も呼ばれた。

幹部の集まりとはいえ、酒が入ると途端に乱痴気騒ぎだ。

芸者を連れ隣室に消える組長たちも出はじめ、鮫島と阿久津はかなり酔いの回った金剛寺を左右から抱えて立ち上がった。

「オヤジ、帰りましょう」

「あ、ああ」

ふたりは金剛寺を担ぐようにして玄関へ向かう。回された車の後部に金剛寺を押し込み、タイヤンは助手席に乗る。

「お前、今日はもう家に帰っていいぞ、シエン」

金剛寺を自宅まで送り届けた後、鮫島が言った。

「はい、お疲れ様でした」

「ああ。明日は朝九時に来い」

「わかりました」

頭をさげると、立派な屋敷を後にする。

タイヤンの部屋は、ここからそう遠くない。

高級住宅街のこの地域とは駅を挟んで反対側、庶民的な賃貸住宅が建ち並ぶ商店街の一角だ。

自宅といっても金剛寺の豪邸とは対照的な安普請の木造アパートで、この潜入が決まった際に借りた部屋だ。

タイヤンはまっすぐ部屋に帰らず、昨日まで働いていたクラブに寄って私服と私物を受け取ってきた。電車にはモバイルフォンで乗り込む。財布を持ち歩かなくとも、これがあれば大抵の支払いには困らない。

階段を上り二階の部屋に着くと鍵を取り出し、立てつけの悪いドアを開ける。

沓脱のすぐ横には小さなキッチンと、それに続く狭いダイニング。磨《す》りガラスの向こうには六畳ほどのワンルーム。靴を脱ぎ、鍵をかけると部屋にあがる。

思ったとおり、誰かが中に入った形跡がある。

たぶん組の者だろう。目的はタイヤンの身元を調べるため。

ここへ来たということは、おそらくは黒服をしていたクラブからの線だ。ママには形だけの簡単な履歴書を渡してあった。

もちろん、このアパートの部屋には偽造した履歴に沿う物しか置いていない。

架空の『ウ・シエン』という男の住民票。合成した写真、衣服、倒産した会社の名刺等々。

歩くたび、床がミシミシと嫌な音をたてて軋《きし》む。金剛寺の屋敷に比べるべくもない薄い壁。

しかし、下腹部を熱く滾《たぎ》らせる強烈なオメガのフェロモンも喘ぎ声も、淫らな姿態もここにはない。

タイヤンはほっと息をつく。

昨夜は明け方の二、三時間しか寝ていないし、さっきまで慣れない酌をさせられ、身バレしないかと言動に気を遣いながら、暴力団幹部と杯を交わしていたのだ。

盗聴器か隠しカメラが仕掛けられているかもしれないが、もうどうでもよかった。早く横になって眠りたかった。

帰る前に、録音・録画した幹部会のデータを駅のトイレの個室からモバイルフォンで上司に送っておいた。この部屋に盗聴器や隠しカメラが仕掛けられているとしたら、怪しまれることは一切できない。

駅前のコンビニで買った弁当二個をがつがつ食べ、ビールで流し込むと立ち上がった。

シャワーを浴びようとスーツを脱ぎかけて、そういえばアイのハンカチをポケットに入れていたことを思い出した。

取り出すと、ユニットバスに持ち込んで、石けんでゴシゴシ洗う。血でできた赤いシミはうまく取れないが仕方ない。いいかげんにバスルームに吊るして、さっとシャワーを浴びると、ベッドにダイブする。

モバイルフォンのアラームを八時にセットすると、タイヤンは泥のように眠りこけた。


夕方、事務所から自宅に戻ると、金剛寺に聞こえないよう鮫島が小声で指示をした。

「今日はお前が夜番だ。前は俺がやったが、朝、オヤジに断りを入れて部屋に入って、あのオメガがぐったりしてるようなら、風呂に入れてやれ。熱いシャワーをぶっかければ目を覚ます」

「わかりました」

返事をするが、一昨日《おととい》の夜のことを思い出すと、正直気が重い。

ベータの鮫島は平気のようだが、アルファのタイヤンに、アイの匂いはきつい。

眠れないだけではなく、また無理やりアルファ性を刺激され悶々と狂おしい時間を必死でやり過ごさなければならないのかと思うと、げんなりする。

鮫島がそんなタイヤンを面白がっているような顔をして、にやにやするのも気に障る。

「わかっているだろうが、オヤジのオンナには絶対手を出すなよ。マジ殺されっから」

「……わかっています」

もちろん、どんなに惑わされても自分からアイに手は出さない。早くこんなところから助け出して保護してやりたいと思うだけだ。

自宅へ戻った金剛寺は、タイヤンに夕食をふたり分、寝室へ運ぶように命じた。

「今日は、久しぶりにアイとふたりでゆっくり食事をする」

金剛寺に挨拶をした鮫島がキッチンへ向かうタイヤンに声をかけた。

「じゃあ、俺は帰るわ」

「はい、お疲れ様でした」

頭をさげ、その場で鮫島を見送る。

片手を軽くあげ、鮫島が玄関へ向かう。タイヤンも金剛寺の夕食の支度をするためにキッチンへ入る。

金剛寺子飼いの金のない若い連中は、普段は本宅に入ってこない。だだっ広い物置のような一間しかない離れで寝起きしている。

本宅に自由に出入りできるのは、通いのハウスキーパーと金剛寺やアイの身の回りの世話もするボディガードの鮫島とタイヤン、そして阿久津はじめ数人の幹部だけだ。

広いダイニングキッチンも、今は誰の姿も見えず静かだった。

夕食の用意は、すでにハウスキーパーがしてある。

スープの入っている鍋《なべ》を火にかけて温め直す間に、タイヤンは抑制剤をいつもの倍、口に入れ飲み下す。

用意されていた料理をすべてワゴンに乗せ終えると、寝室に押していく。

「失礼します」

ドアをノックし、許可を得て中に入った。

一昨日の夜と同じ、キングサイズのベッドに磔のための柱、三角木馬、鎖や紐《ひも》が嫌でも目に入る。その手前、金剛寺とアイは小さなテーブルに向かい合って座っていた。

シャワーを浴びたのか、金剛寺はバスローブを着ている。

アイは全裸で赤い縄で亀甲に縛められ、股間には黒い革の貞操帯。

「は……ぁ……んっ」

ふるふると震えて、あまい吐息を漏らしているのは、後孔に埋め込まれているローターのせいなのだろう。

あまく淫靡な匂いに、くらりとする。

なんとか平静を保って、テーブルの上に料理を並べると、頭をさげて部屋を出た。

しかしいくら聞くまいとしても隣室だ。アイの喘ぎ声が漏れ聞こえる。

一昨日の夜、本能を宥めすかすために一晩中噛んでいた両腕は、まだ噛み傷を刻んだまま痛痒《いたがゆ》くてズキズキと疼いている。

本能がアイを欲しがって猛り狂う。しかし駄目だ。思い出せ。

オメガはアルファにとって麻薬と同じ危険な生き物だということを。

だからこそ、惹きつけられる。

淫具で責められているアイの喘ぎ声は延々と、ドア一枚隔てて細く高く聞こえてくる。

『はぁ……、あ、んっ……もっ……あっ』

涙混じりの、その声は本当につらそうだ。

『もう、なんだ、アイ？』

『い、いきた……っ』

縛められながら、身体中の至るところを責め立てられているアイの淫らな姿が、閉じた瞼《まぶた》の裏にまざまざと浮かぶ。

抑制剤を飲んでいるにもかかわらず、欲情が膨れあがって耐えられない。

『よしよし、じゃあ俺がお前のいやらしいジュースを飲んでやろう』

『あ、あ……んっ』

くそがっ！

アイを好き勝手にいたぶる金剛寺に怒りが湧き上がるのに、身体はアイを渇望して止まない。

苛ついて眠れないタイヤンは、音をたてないようにベッドから起き上がると風呂場に向かった。

夜の闇はまだ深かったが、窓から射す月の光は青白く廊下を照らす。

窓を開け放ち夜気にあたると、少しだけ感情は抑えられた。しかし身体は熱く浮かされたままだ。

浴室の引き戸をガラリと開けると、木の芳ばしい香りが匂い立つ。

金剛寺の寝室にあるユニットバスとは違い、屋敷の風呂場は総檜《ひのき》造りで、浴室だけで六畳ほどある広さだ。しかしタイヤンは湯には浸《つ》からず、冷たいシャワーを浴びる。

忘れるな、俺はケダモノになるためにここに来たんじゃない。

金剛寺の悪事を暴くためだ。奴らを一網打尽に捕まえるため。そして、アイを自由にする。

決して自分のモノにしたいだなどと思うな。そのためにはアルファの汚い欲望を洗い流さなければ。

冷たいシャワーを浴びながら壁にガンガンと頭を打ちつける。

しかし夜番のたびに、こんな有様になるのは我ながら情けない。

早く金剛寺の尻尾《しっぽ》を摑んで、この地獄から解放されたいと強く思う。

もちろん、そのときはアイも一緒にだ。

支配するためではなく、自由にするために。

† † †

「おはようございます、会長。失礼します」

朝九時きっかりに寝室の向こうからシエンの声がした。金剛寺は、まだいぎたなく寝こけている。

静かに鉄製の重いドアが開く。

一晩中後孔にローターを埋め込まれていたアイは、ベッドの下で横たわり目を閉じたまま、それを聞いていた。

「起きるんだ」

ふうっとため息をついて近づいてきた大きな男は背後から怒ったような声をかけた。

しかし一晩中責め立てられ、身体はまだあちこち痛むし、重怠《おもだる》い。赤い縄はまだ身体中を縛めているだろうが、皮膚の感覚が麻痺《まひ》していてよくわからない。

また風呂場で四苦八苦しながら複雑に絡んだ縄を自分で解かなくてはならないのかと思うと、朝からうんざりして、よけい瞼が重くなる。

近寄った男はすっと跪くと、アイの後ろ手を縛りつけている縄を解いていく。

「アイ」

なぜか今度は優しく名前を囁かれた。

丸まって横たわっていたアイは、そっと抱え起こされた。

「……ん」

まだぼうっとした意識のままうっすらと目を開ける。

「風呂に入れるぞ」

ぶっきらぼうな口調のシエンに、優しく抱え上げられた。

まだ眠くて怠くて覚醒しきらない。アイはくったりと力なく、されるままに身を任せた。

ガラス張りのユニットバスへ入ると、床に敷かれたマットにおろされた。

ぼんやりと見上げると、シエンがカランを捻《ひね》って浴槽に湯を溜めている。それから顔を背けて、アイの身体からバイブを抜き取っていく。

「はぁ……んっ」

艶めかしい吐息が思わず漏れてしまう。

「その、前は大丈夫なのか？」

躊躇いがちに問われたが、なにが大丈夫なのかわからず、

「え？」

と、素《す》っ頓狂《とんきょう》な言葉を返す。

「あ、いや、前にも突っ込まれてたろ」

「まえ……」

まだ頭がぼんやりしていて、シエンがなにを訊きたいのかが理解できない。

「だから、今はチンコに針は突っ込まれてないのかって訊いてるんだ」

焦《じ》れた男はとうとうストレートに訊いた。

「あ、だいじょうぶ」

途端にアイはかあっと顔が熱くなる。そうだった。昨夜は食事中にローターを使われ、食べ物を零すとお仕置きだと、尿道ブジーを使われた。鮫島にはなにを聞かれても平気なのに、なぜかシエンにそのことを知られているのが恥ずかしくて、思わず俯《うつむ》く。

「なら、いい」

しかし思いがけず、ほっとするような音色の声が落ちてきた。まさかオメガの自分を案

じているのだろうか。そんなアルファがいるなど、アイには信じられない。

「身体と頭を洗うから、まずは縄を全部解こう」

「ん……」

背後から身体を抱え起こされ、バスマットに座り直す。

シエンは身体を縛めている縄目に指をかけ、次々と手際よく解いていく。

「かわいそうに、まだ小さいのに……」

怒ったような口調だが、小さいとは誰のことだろうか。疑問に思ったアイは小首を傾げる。

「え？」

目を瞠って、シエンを見上げた。

「まだ高校生くらいだろ？　誘拐でもされたのか？」

なるほど、ようやくアイは合点がいった。

希少なオメガは、常に危険に晒されている。きちんとした家庭に生まれても、突然誘拐されてオメガを欲しがるアルファに高く売られる人身売買事件は頻発していた。アイもその被害者なのではないかとシエンは考えているのだろう。

しかしアイは薄く微笑んで、首を横に振った。

「違うよ。両親が借金を残して死んじゃったから。僕自身が借金のカタなんだ」

「……そうか。それはすまなかったな」

つらいことを思い出させたといわんばかりにシエンは謝った。

「別に……」

この男はアルファのくせに人がよすぎる。アイはちくんと胸が痛む。

「他に兄弟はいないのか？　姉さんとか？」

なぜそんなことを訊くのだろう。不思議に思いながらも答える。

「いない。僕は独りだ」

「そうか、じゃあ俺と一緒だな」

「え？　シエンさんも？」

確か彼の母親は再婚したはずだ。それとも独りだというのはアイを欺くための嘘なのだろうか。まさか自分が人違いをしているとも思えない。

それほど印象深い男だったのだから。

アイはシエンを見上げる。

でも間違いないだろう。彼だ。この眼差しは。

「ああ、義理の両親はいるにはいるが……実の母親はとうに死んだし、実の父親とはとっくに縁が切れているし」

「縁が切れている……」

「ああ、俺の実の父親は酷い男で、ずっと家族に暴力を振るっていたんだ。ＤＶの常習犯で、今は刑務所に入っている」

「ふうん、アルファなのに苦労しているんだね」

「そうでもないさ。義理の父親がいい人だったから、母親が再婚してからは苦労らしい苦労はしていない」

「そうなんだ」

あまりしゃべりすぎると、ボロが出てしまう。用心して言葉少なに頷いた。

「そうさ、苦労っていうならお前のほうがよっぽど大変だったろう」

シエンはアイの身体のあちこちにある紅や紫の痣を痛々しげに見ている。

「本当にこんないたいけな子供に酷いことをする」

金剛寺に対して怒りがこみあげてきたのだろうか、ぐいっと腕を摑まれる。

「い、いたいっ」

小さく悲鳴を漏らすと、シエンははっとして手を引っ込めた。

「すまない、つい」

今度は縄の痕を優しく撫で擦る。

「オメガだからといって、こんな酷い扱いをするのが許せない。でももっと許せないのはなにもできず、ただ見ているだけの俺だ。本当にすまない。助けてやれなくて」

「いいよ。僕も助けてもらおうとは思っていないから」

そう答えると、シエンは傷ついた顔をする。

「ごめん」

本当に変なヤツだ。アイだって仕事でしていることだ。むしろ同情されるほうがごめんだ。

アイの縄を丁寧に全部解くと、シエンはボディ用のスポンジにソープを泡立てた。そしてアイから目を背けたまま手渡そうとする。

「自分で洗えるだろ」

もちろん自分で洗えるに決まっている。今までずっとそうしてきたのだから。

アイは無言で受け取ると、ゴシゴシと腕から洗いはじめた。

「っつ」

ソープの泡が傷口に沁《し》みて、声を漏らしてしまう。

「……痛むのか」

痛むのはいつものことだ。

「別に……」

不意にスポンジを取り上げられた。

「後ろを向いて。背中は洗ってやるから」

「……いいよ」

背中だって、他人に洗われたことはない。それをよりによって彼になんて。

しかし男は痣のついていないアイの肩を押さえてくるりと背中を向けさせた。

気を遣っているのか、大きな手が優しく背中をスポンジで撫で上げる。

性的なものとは違う心地よさがこみあがる。

「ソープ、沁みないか？」

どこまでも優しく撫でながら問う。

「大丈夫だよ」

ひとしきり洗い上げると、シャワーを浴びせられる。

「バスタブに浸かれ。頭も洗ってやる」

「え、いい、そんなこと」

いくらなんでも子供扱いしすぎだ。気恥ずかしくて断るのに、アイを抱え上げたと思ったら、ちゃぽんとバスタブに落とされた。

「わっ」

しかし熱くない。傷口を慮《おもんぱか》ってか、湯温をぬるめにしたようだ。まるで羊水に浸っているかのように心地いい。

「お湯が適温だ」

ぷくぷくと身体をバスタブに沈めながらアイは呟く。

「そりゃあよかった」

ははっと笑うと、シエンはシャンプーをアイの頭に振りかけ、ゴシゴシと泡立てる。

「俺も昔、傷の絶えない子供だったから、そんな時の湯温は肌で知っているからな」

自慢げに言うが、あの頃はいつもなにかに耐えるような昏《くら》い表情をしていたくせに、とアイは思い返す。いつの間にこの男は、こんなに明るくなったんだろうか。でもアイはとっくの昔に彼の笑顔を見知っている。

そうだった。あの警察官からケーキをもらった時は、やっぱりこんなふうに笑っていたな、と思い出す。

「なあ、ここから出たくはないか?」

突然、声を潜めて耳元で囁かれた。

ひやりと肝が冷える。

いくらふたりきりとはいえ、ガラス張りのユニットバスだ。いつ金剛寺が目を覚まし、中の様子を窺うかわからないというのに、あまりにも無防備だろう。

思わず振り向くと、辺りにシャボンが飛び散った。

「ああ、振り向くな。前を向いていろ」

「しかし、そんな話、万が一聞かれたら」

頭をくるりと回される。

「大丈夫だ」

シエンはバスタブに落ちる湯の量を多くし、大きな水音をわざと作って、ふたりが会話をしている気配に気づかれないようにした。

「絶対に逃がしてやるから、俺に協力してくれないか？」

単刀直入に切り出してきた。ストレートすぎないか。逆にアイは焦る。

逃がされても困るのだ。

「逃げても、僕にはどこにも行くところがないから……」

「本当に身寄りはいないのか？」

こくんと頷く。

「いないって言っただろ。僕は独りだって」

「なら、俺と一緒に暮らすか？」

ジャーと頭からシャワーをかけながら、いとも簡単にそんなことを訊く。

「え？」

思わず頭を上げると慌てたようにシャワーを止める。

「あ、いや。違う違う、今のは忘れてくれ」

なにを焦っているのか、片手を激しく左右に振って動揺している。

まあそれはそうだろう。アルファがオメガに一緒に暮らそうなどと。

まるでプロポーズだ。

え、まさか。だがしかし、それはつまり、そういう、こと、なのか？

その単語が頭に浮かんだ瞬間、かあっと顔が熱くなる。

「ほんと、なに言ってるんだろな、俺は。悪い」

シエンも真っ赤になりながら謝る。

アイだってアルファがオメガを欲しがることがどういうことか、身をもって痛感している。

だからといって、アイの立場ではこの男と一緒に暮らす選択肢などない。

おそらく彼だって、今それどころではないはずだ。

いったい、なにを考えているのか。本能を優先するなど。

頭をふるふると振ると少し落ち着いたのか、シエンは気を取り直したように違う質問をした。

「なあ、オメガ専用のシェルターがあるのは知っているか？」

ドキリとする。もしや自分の正体がバレたのだろうか。

「ううん、知らない」

シエンの表情を慎重に窺いながら、アイはかぶりを振った。でも、もし彼が本当の自分に気づいてくれていたのだとしたら。だけど、まさか。

「そんなに警戒しないでくれ。俺はお前を玩具にしたいわけじゃないから。ほんとに誤解を与えるようなことを言って悪かった」

何度も謝るが、シエンがそんなことを考えているわけではないのは、アイにもわかる。

本当に人のいい男なのだ。

どうやらアイの正体に気づいたわけではなさそうだ。それは安堵《あんど》すべきことなのに、がっかりするもうひとりの自分がいる。

「オメガ専用シェルターっていうのはアルファからのＤＶや虐待など、いろんな理由で自活することが困難なオメガのための国営の保護施設だ。そこでは自立を目的に高校までの教育と、任意でさまざまな技術訓練が受けられるんだ」

「ふうん」

そんなことは言われなくてもよく知っている。なにしろアイは高校卒業までいたのだから。

けれどシエンは子供を諭すように優しく話を続ける。

「お前は借金のカタでここに売られたって言っていたけど、親の借金は相続を放棄すれば本当は返さなくてもいいはずなんだ。きっと騙《だま》されて、ここに連れてこられたんだろう。大丈夫だ、心配はいらない。ここを出たらシェルターに入って、ちゃんと高校にも通えばいいし、借金のこととか今後のことはオメガ・ソーシャル・ワーカーに相談しよう」

どうやら本気みたいだ。真面目《まじめ》にアイを助けようとしている。

「ちゃんと俺がここから抜け出せるよう助けるから、俺を信じて協力して欲しい」

「……協力って、僕はなにをしたらいいの？」

バスタブに身を沈めたまま、アイは尋ねる。

「別になにもしなくていい。ただ金剛寺から聞いた話をできるだけ漏らさず俺に教えて欲しいんだ」

ゆったりとバスタブに浸かるアイの耳元で囁くように話す。

「そんなこと。昼間は僕よりシエンさんのほうが金剛寺と長くいるでしょう」

「君のほうが前から金剛寺といるだろ？　なんでもいいから、金剛寺について知っていること、知り得たことを教えてくれないか」

「いいよ、それくらいなら。でも本当に金剛寺から逃げられるの？」

不安そうな表情を作って、アイはシエンを見上げた。

「ああ、俺は警察官だから全面的に君を保護して守る。約束する」

耳元で囁かれ、目を瞠った。

「警察……」

そうか、それで。

やっとシエンがここに入り込んだ理由がわかった。

警察の潜入捜査官だったのだ。

「しっ」

シエンが人差し指を唇にあてた。

「誰にも言うなよ。俺は本気で君を助けたいと思っているんだから」

いっそう声を密やかにして告げる。

「もちろんだよ」

それなら対処のしようもある。

アイはにっこりと笑うと、ざばりとバスタブから立ち上がった。

と、シエンが慌てて目を背けた。

「食事の用意をしてくる。もうひとりで大丈夫だろ？」

アイの返事を聞く前にバスルームを逃げ出した。

本当に人がいいにもほどがある。アイは呆《あき》れるばかりだ。

自分からそんな大切な秘密を打ち明けるなどと。

バスタブから出ると、アイは身体を拭《ふ》いた。けれど、衣服は身に着けない。

毎朝、全裸のアイを縛るのが、金剛寺の日課だからだ。

バスタオルを肩に引っかけて部屋に戻る。

ベッドで寝こけている金剛寺がうーんと唸《うな》って寝返りを打った。

そろそろ目を覚ますだろう。今のうちに最善の策を考えなければ。

そう思うのに、彼に触れられた身体はやわらかく弛緩《しかん》していて、アイはしばらく自分の身体を抱きすくめ、男から与えられた温《ぬく》もりを心地よく味わうのだった。

† † †

寝室から控えの部屋を通り抜け、タイヤンは廊下に出た。

ガラス戸を開け、外の空気を思いきり吸い込み、なんとかこみあげる熱を静める。

欲望を持つな。保護者に徹しろ。

何度も自分に言い聞かす。

そんなことは無理だと訴える本能を、無理やりねじ伏せる。

それなのについうっかり、一緒に暮らそうだなどと言ってしまった。

いくらオメガでも未成年に、なんてことを言ってしまったのかと思い出すだけでも恥ずかしくなる。

常識で考えればわかるだろう。赤の他人が未成年と暮らせるわけがないことくらい。

だからもうすっぱりと警察官だと告白してしまった。

金剛寺と同じ下劣な欲望を向けるなど、あってはならない。

忘れるな。俺は警察官なんだ。自覚しろ。

「よお、なにしてる?」

声をかけられて、はっとする。

向けた視線の先に鮫島がいた。

「ああ、いえ。今、アイを風呂に入れて、飯の用意をしようと……」

「お前、随分つらそうだな。俺は平気だからアイの風呂当番、代わってやろうか？　間違いがあったら大変だし」

冗談のつもりか、鮫島は笑いながら言う。

「いえ、大丈夫です。会長が傍にいるのに間違いなんて起こりませんから」

つらいのは事実だが、風呂以外、アイとふたりきりで話すチャンスはないだろう。アイに打ち明けて協力を仰いだ手前、鮫島に任すことなどできない。

「そうか、ならいいけど。オヤジに挨拶してくるわ」

あっさりと鮫島は引くと、部屋の奥へと消えていく。

おおざっぱに見えるが、なかなか鋭い男だ。アパートの捜索も、もしかしたら鮫島自身か、あるいは鮫島が命じてやらせたのかもしれない。

アイには打ち明けたが、鮫島には、いやアイ以外の誰にも自分が刑事であることは、絶対知られてはいけない。

ボロを出さないように、より気をつけなければ。

タイヤンはいっそう気を引き締めると、手際よくワゴンにふたり分の朝食をセットしていった。

†　†　†

「やはりおかしいです、会長」

頭上から降ってきた阿久津の言葉にアイは顔をあげた。

全裸の下腹に黒革の貞操帯、首には赤い首輪に鎖を繋げられ、散歩と称して金剛寺に四つん這いで深夜の屋敷を引っ張り回されていた。

夜番の鮫島がにやにやしながら、アイの後ろからついてくるのも忌ま忌ましい。

本当に金剛寺の加虐趣味には反吐《へど》が出る。いくら不能とはいえ、いや、不能だからこそ加虐趣味がエスカレートしたのか、毎日毎日飽きることなくアイをいたぶる。

オメガにだって人権はある。しかし、ここで金剛寺に向かって正論を吐く気はない。

どうせアイは鳥かごの鳥なのだ。ひっそりと自嘲する。

「なにがだ？」

「いいえ、会長を襲ったバイクのことです。あれからさんざん探したのですが、いまだなんの手がかりも摑めないままなのです」

阿久津は鬼龍会きっての情報通だ。その阿久津が不思議そうにそう言うのだ。

「まさか鬼龍会から逃げおおせるネズミがいるわけないだろうが」

鮫島の言葉に阿久津は頷く。

「そうだ。たかがネズミなら、とっくに見つけだしている。しかし見つからない。手がかりすら摑めない。ネズミを上手く隠しおおしている、そんな芸当ができるとしたら大陸くらいだ。しかし対立を避け、互いの利益のためにビジネスパートナーになろうとしている今、大陸が鬼龍会と事を構えるとは考えにくい」

阿久津は思慮深く考えて込んでいる。

「大陸じゃないとしたら、あるいは……」

「なんだ。もったいつけずに早く言え、阿久津」

鮫島が苛立ったように声をあげる。

金剛寺の左右の腕は表面上は取り繕っているが、水と油のようにすこぶる相性が悪いのだ。

「そう吠《ほ》えるな、鮫島。弱い犬みたいに見えるぞ」

阿久津が揶揄する。

「っ、お前っ」

今にも噛みつかんばかりに鮫島が阿久津に摑みかかる。

「よさんか、鮫島。阿久津もさっさと話せ」

拳《こぶし》を振り上げた鮫島は、金剛寺の命令には逆らえない。それがわかっているから、阿久津も金剛寺の前でだけ鮫島を挑発するのだ。

「申し訳ありません、会長。今回の狙撃は、もしかしたら警察が絡んでいるかもしれません」

「本当か？」

金剛寺の顔が険しくなる。大陸と手を結ぼうとしているこの時期に、警察に嗅ぎ回られたくないのはアイにもわかる。

「鬼龍会のシマで、痕跡《こんせき》をひとつも残さず動ける人間は限られています。大陸でなければ警察でしょう。とにかくそっちを探ってみます」

「警察か。そいつはやっかいだな。うまくやれよ、阿久津」

足下にアイを四つん這いにさせたまま、金剛寺は険しい顔つきで阿久津に命じる。

今朝《けさ》、アイはシエンから『自分は警察官だ』と聞かされたばかりだ。まさか、あの時の会話が盗聴されていたとは思えないが、彼が危険に晒されるのは時間の問題だ。

緊張に身を強張《こわば》らせながら、アイは四つん這いのまま、頭の上を飛び交うふたりの会話に耳をすます。

「わかってます、会長」

銀縁眼鏡を光らせ、阿久津は不敵に微笑んだ。

ヤミ金融の経営者でもある阿久津には、金にだらしなく借金を重ねる警察官の顧客が何人かいるという噂《うわさ》だ。時々、組の利害にかかわる重要な情報を利子として受け取っているらしい。

「すぐに調べてみせますよ。では」

金剛寺に向かって丁重に頭をさげると、阿久津は立ち去った。

不機嫌を露わにした金剛寺は、アイの鎖を引っ張って寝室へと向かう。すっかり興が削《そ》がれたようだ。鮫島は阿久津の消えた廊下の反対側に、まだ殺意を孕んだ視線を向けている。

「あうっ」

ベータの阿久津も鮫島も、アイの痴態に表情ひとつ変えない。

あからさまに険しい表情を見せたシエンとは対照的だ。

クラブで出会った時の彼をアイは思い返す。

きりりとした一文字の眉に意志の強い双眸で辺りを睥睨《へいげい》していて、周囲を圧していた。

あきらかに一般人とは思えないオーラに、最初は闇組織の人間なのかと思ったほどだった。しかし違う。あれはアルファだけが放つオーラなのだ。

鮫島も阿久津も、闇組織の人間特有の危ないオーラを放っているけれど、彼のそれはもっと特別だった。オメガなら惹きつけられずにいられないほどに。

よく鍛えられた逞しい体軀は、警察官といわれれば納得だ。

強いアルファなのだ、彼は。それなのに壊れ物に触れるように、節の高い大きな手でアイの身体に、これ以上ないくらい優しく触れた。

ふっとおかしくなる。

アルファなら本能でオメガを支配したいものだろう。彼のアイへの接し方はアルファにあるまじきものだ。

あれほどのオーラを放っておいて、あんなに人がいいなんて、本当に信じられない。

「お前ももういいかげんにしておけ、鮫島」

「はっ、すいません、会長」

まだ阿久津に対する怒りを滲ませている鮫島に声をかけると、金剛寺はアイとともに寝室に入りドアを閉めた。

「さっきまで楽しく散歩していたのに、とんだ邪魔が入ったな、アイ。さて、気を取り直して今度はお馬さんごっこでもしようか」

猫なで声を出すと、金剛寺は鎖をぐいっと引っ張る。と同時に、アイの身体は三角木馬の上にずっずっと乗り上げていく。

「あ、あっ、いやっ」

金剛寺は無理やりアイを木馬に跨《また》がらせる。三角に尖《とが》った頂が、ごりごりとアイのやわらかな肉のあわいにめり込んでいく。いくら貞操帯をしているといっても、凄《すさ》まじい痛みだ。

しかしいくら嫌だと叫んでも、赦《ゆる》してもらえたことは一度もない。

「おねがい、ですっ、ご主人様。ぼ、ぼくを……」

「おまえをどうしろと、んん？」

木馬の上で苦しげに喘ぐアイの顎を、金剛寺はくいっと摑みあげる。あきらかにアイを痛めつけて楽しんでいるのだ、この変態親父《おやじ》は。

「ぼ、ぼくもっ、組員に……っ、ちゃん、とっ」

「ほう、お前はヤクザになりたいのか。おっと、ヤクザじゃなかったな、うちの会社の社員か」

誰が本物のヤクザになりたいものか。けれど、ここに閉じ込められたままのペットではできないことがある。

「だがな、お前は大陸の友人へのプレゼントにしようと思っているんだ、アイ」

金剛寺の太い芋虫のような指がアイの頬をするりと撫でる。

ぞっとする。でも本音を吐いて金剛寺の機嫌を損ねるわけにはいかない。

「いやぁ、ぼ、ぼくは、ご主人さまとっ、いっしょが、い、いっ、いつも、おそば……にい」

金剛寺は不能者だ。接待だといってフェラチオさせられることはあっても、嫉妬《しっと》深い男だから、自分のできない行為を他人には絶対にさせない。

好きな人がいるのだ、ずっと昔から。偶然とはいえ、ふたたび会うことができた。

たとえ彼に気づかれなくとも、自分にとっては大切な、ただ一度の初恋だった。

オメガであるアイはいつも蔑《さげす》まれ、疎んじられて生きてきた。

普通に接してくれたのは、ごく一部の人間だけで、彼もそのひとりだった。しかも彼だって同じ立場だったのに、アイに大切なものを惜しみなく分け与えてくれたのだ。

あんなに誰かと一緒にいて幸せだと思ったことも、嬉しかったことも、あれ以来、一度としてない。

ふたたび彼に会えるのを、アイは半分期待し、半分あきらめていた。身体を使う接待もオメガだからと諦観《ていかん》していた。

だけど会えたのだ。

だからもう他の誰かのために身体を使うことを、オメガだから仕方がないとあきらめたくなかった。

金剛寺のもとにいれば、少なくとも口淫だけで許される。それに大陸に引き渡されたら、おそらく容易には帰国できないだろう。

たとえ彼とともにいられなくとも、自分の想いがただの片想いでも、せめて同じ国にいて、叶《かな》うなら陰からでも姿を見ていたかった。

大陸へ行ってしまったら、今まで大切にしていたものをすべてなくしてしまう気がして。

だからどうしても金剛寺の思惑《おもわく》を変えさせなければならない。

「おねが、いっ。ぼくをっ、遠くにやらないでっ」

涙を溢れさせながら、懸命に金剛寺に訴える。

しかし金剛寺が一度決めたことを安易に翻すとは、今までの経験上思えない。

「や、役にたつ、っからっ、ぼくっ、ご主人様のいっ、い犬になるっ、からっ。す、捨てないでっ」

無駄だと思いながらも、なおも言葉を募らせる。

「そうか、俺のいい犬になりたいのか、アイ」

必死で自分に縋《すが》るアイに心を動かされたのだろうか。

「は、はいっ、もちろんですっ、ご、ご主人様と、ずっと一緒にいたいっ」

ひっくひっくとしゃくりあげ、これ以上ないほど愛らしく淫らに腰を振る。

「ご主人様にっ、苛《いじ》められるの、す、すきぃ」

こんなことが好きなもんかと、心の中で悪態をつきながら媚態をつくる。

「そうかそうか、かわいいいな、俺のアイは」

にまにまとやに下がった金剛寺に頭を撫でられる。

ぞっとしながら、お前のものじゃないと胸の内で思いきり叫ぶ。

「ご主人様のおちんちん、なめたいっ」

手を伸ばし、ぴとっと金剛寺の胸に縋りつく。

「ははっ、まったく我が儘だな、お前は」

そう言いながらも、頬を緩ませた金剛寺はアイを木馬から下ろした。

ベッドに腰かけ、脚を広げると、アイを股間に迎え入れた。

アイは口だけで、金剛寺のスラックスの前を寛《くつろ》げる。

ふにゃふにゃしたペニスは勃《た》たないのだが、それでもしゃぶられると多少の快感はあるらしい。

「んっ……」

小さな唇で、育つことのない肉茎を咥える。と、金剛寺が後孔に埋められているアナルプラグのスイッチを入れた。

「あ、あんっ」

思わず声をあげる。しかし咥えたものを離すことはしない。金剛寺のもとに来て二ヶ月あまり、自分でもよく躾けられたものだと自嘲する。

「はは、いい眺めだな、アイ。俺のものをしゃぶりながら、物欲しそうに腰を振って」

そう言いながら金剛寺はアイの中心に手を伸ばす。

「あっ」

貞操帯に縛められた肉茎を金剛寺の手が弄ぶ。

「はは、嬉しいか、アイ」

こくこくと頭を上下に振る。

「よし、いい子だ。そうだったな。アイは俺が丹精込めて育てたペットだ。今さら他のヤツに渡したりしないぞ。お前がいい子で俺の言いつけを守れたらな」

「あ、うれしい、ごしゅじん、さまっ」

金剛寺はまだアイの身体を手放す気はなさそうだ。

返事はしたが、嬉しいわけなどあるはずがない。しかしそんな思いなどおくびにも出さず、アイは金剛寺が寝落ちするまで萎《しな》びたペニスを舐め続けた。

† † †

この一週間、タイヤンは金剛寺のボディガードとして、日中は常に行動をともにしていた。

見聞きする中には刑事なら摘発したくなるようなネタがごろごろしていたが、そのいずれも末端の構成員絡みで、鬼龍会の根幹を揺るがすほどの大ネタはいまだ摑《つか》めていない。

金剛寺をはじめ、構成員をまとめる鮫島も金庫番の阿久津も用心深いのか、タイヤンの前では迂闊《うかつ》な言動をしない。

しかし、まだ一週間だ。

何年も内偵を続けている同僚を思えば、そう簡単な仕事ではないことはわかっていたはずだ。

上司からも焦ってボロを出すなと釘《くぎ》を刺されている。

長期戦になるのは、もとより覚悟の上だが、夜番に当たるたび、奥の寝室から聞こえてくるアイの微《かす》かな悲鳴を耳にするのがつらい。漏れ出るオメガのフェロモンに悶々《もんもん》と眠れない夜を何度過ごしたことか。

早くケリをつけて、なんとかしてやりたい。そう思うのに、結局タイヤンは昨夜もただ寝つけない夜を耐えるしかなかった。

そんなタイヤンに対して、アイはけなげだった。

「ごめんなさい、なにも教えられることがなくて」

朝の入浴時、いつものようにタイヤンに身体《からだ》の縄を解かれながら、アイはすまなさそうに頭をさげた。それがすごくかわいくていじらしい。

ふがいないタイヤンのほうこそ責められて当然なのに、どうしてアイはこんな自分に頭をさげるのか。

「よせ。知っていることや耳に入った範囲でかまわないとはじめに言ったし、第一、俺がぐずぐずしているのが悪いんだ。お前が謝る必要はない」

「でも、せっかく助けてくれるって言ってくれたのに……」

しゅんとするアイに向かって、にっと笑いかける。目力のあるタイヤンがそんなふうに笑うと、よけい凄《すご》みが増すのだが、本人はまったく気づいていないようだ。

「俺のほうこそ、なにもしてやれなくてすまない。いつまでもこんな状態はきついだろ。できるだけ早く助けてやりたいんだが……」

このますべてを放り出して、アイだけを攫《さら》って逃げ出すくらいならできるだろう。オメガシェルターへ無事にアイを保護しさえすれば、高校卒業まで外部の危険からはとりあえず守られる。

しかし、それではタイヤンがここへ潜入した意味がなくなってしまう。アイの悲鳴を耳にしながら攫って逃げてしまいたくなる衝動を、そう言い聞かせて何度も耐えてきた。

かわいそうだが、アイにはもうしばらく我慢してもらうしかないのだ。

なによりアイがオメガシェルターに行ってしまえば、もう会うことができなくなってしまう。

「僕なら平気。もう慣れてるから」

「あー、もう。だから、こんなこと、慣れるなって言ってるだろ」

ワシャワシャと絹のような触り心地のいい黒髪をシャンプーしながら、タイヤンは声を荒らげる。

アイは感情が麻痺《まひ》しているのだ。もしかしたらタイヤンが思うほどには、つらいと感じていないのかもしれない。アイが金剛寺にいたぶられることがつらくて仕方ないのは、だからタイヤンのほうなのだ。

「ごめん、なさい」

驚いたアイが、即座に謝った。

「謝るのもなしだ。我慢もするな。つらいならつらいって言え」

俯《うつむ》くアイの頭にザーザーとシャワーで湯をかけながら、できるだけ優しく聞こえるように諭した。

本当に謝らなくてはいけないのはタイヤンのほうだ。

すぐに助けてやることもできるのに仕事にかこつけ、アイに会えなくなるのが嫌で自分に言い訳している。

つくづく情けない男だ。

「……はい」

シャワーの水音に消えそうなアイの声が聞こえた。

「ほんとにな、子供を守るのが大人の仕事なのに、ふがいない大人で申し訳ない」

ぽつりと呟《つぶや》く。

俯いてシャワーを浴びるアイからはなんの反応もない。

シャワーを止めると、形のいい小さな頭をタオルで丁寧に拭《ふ》いてやる。あんまり綺麗《きれい》で華奢《きゃしゃ》で、自分のような粗野な男が普通に触れたら壊してしまうのではと思うと、自然とガラス細工を扱うような手つきになる。

「……こんなに優しく丁寧にされたの、生まれて初めてだ」

ふうとため息交じりにアイが漏らす。

「母親は？　もっと小さい時はちゃんといたんだろ？」

頭からすべやかな頬《ほお》へと、順にタオルをふわりと押し当てていく。

「あの人は、僕のことよりアルファの男に夢中だったから……」

苦笑交じりにアイは答える。

「アルファの男？　父親のことか？」

はっとしたようにアイは顔をあげると、慌てて頷《うなず》いた。

「あ、うん、そう。母は父がなによりも大好きだったから」

半乾きのアイの頭をそっと撫《な》でる。

「夫婦仲がいいのは、いいことじゃないか」

実の父親が家族に暴力を振るうのが日常だったタイヤンは、心からそう思う。

「ああ、うん、そうだね……」

しかしアイは暗い顔で俯いた。

夫婦仲はよくても多額の借金があったということだから、きっといろいろ大変だったのだろう。そう思い至ると、考えもなしに『いいこと』と断言したのは短絡的だったと反省する。

「まあ、いろいろあるな。生きていると」

タイヤンも警察官になって八年、いろいろな事件や人間を見てきた。

「……せめて」

アイの可憐《かれん》な唇が淡く動いた。

「え？」

「せめてオメガじゃなければ、違う生き方ができたのに……」

そう呟くアイの表情は暗いが、前を向く眼差《まなざ》しだけは蒼白《あおじろ》く強い光を放っている。

まるで荒野に凜《りん》と咲く白百合のようで、やはりシノブの面差しと重なって見えた。思わず身を屈《かが》めると、覆ったタオルごとアイを抱き寄せた。

「オメガだって、ちゃんと生きていけるさ。心配するな。俺が全力でサポートしてやるから」

途端、トンと胸を突かれ思わず後ずさる。

「やめろ。金剛寺に見られたら、どうするんだ」

拒否の言葉を吐きながらも、アイの顔は真っ赤だ。

「あ、すまない。つい……」

そうだった。ここは金剛寺の寝室にあるガラス張りのユニットバスだ。慌ててベッドに視線を遣《や》り様子を窺《うかが》う。しかし金剛寺は、まだ起きる気配はなさそうだ。

「お、お前がっ、金剛寺に私刑されるのは勝手だけどっ、僕までお仕置きされたら、どうするんだっ」

真っ赤な顔の下半分を片腕で覆って、アイは懸命に抗議する。怒ると、口調まで荒くなるようだ。でもそこがかわいい。

「ごめん、悪かった」

素直に頭をさげる。別に疚《やま》しい気持ちはこれっぽっちもなく、ただアイに味方だと伝えたかっただけなのだが、本当にアイの言うとおりだ。こんなことで目的も達しないまま、金剛寺の信頼を失うわけにはいかない。

「お、お前もっ」

「え?」

真っ赤なアイはタイヤンから視線を逸《そ》らしたままだ。

「簡単に僕に謝るなっ」

「いや、でも、今のことで俺が痛い目に遭わされるのはいいが、お前がお仕置きされるのは困るから」

「な、なんでお前が困るんだ。だ、だいたいアルファのくせにオメガにぺこぺこ頭をさげるなんて……」

「あのなあ」

はあっとため息をついた。

「オメガとかアルファとか。そんなこと関係ないだろ。それに俺だって好きでアルファに産まれたわけじゃない。お前だってそうだろ？」

立ち上がると、アイの手を取って立たせた。

「もう上がって朝食にしよう」

タオルで、さらに背中から下へと拭いていく。いつ見ても白い肌に鬱血《うっけつ》の痕《あと》が痛々しい。痛みを与えないように、神経を使ってそうっとタオルを当てていく。

「い、いいいっ。身体くらい、自分で拭けるっ」

タイヤンの持つタオルの端を摑むと引っ張る。

「俺が困るのは、これ以上、お前の綺麗な身体に傷や痣《あざ》が増えることだよ、アイ。困るっていうかつらい」

背中を向け、おおざっぱに全身を拭《ぬぐ》うアイに静かに答えた。

「も、もうひとりでできるから、お前は朝食の支度をしてこい」

なぜだかアイは酷《ひど》く怒っている。怒っているのだが、すごくかわいく見える。

「はいはい、卵はどう料理すればいいんだ？」

湧《わ》き上がる笑いを嚙《か》み殺して尋ねた。

朝食は前日にハウスキーパーが用意しているのだが、タイヤンはアイに温かい物を食べさせたくて、金剛寺がよく寝入っている時はアイのために卵を焼いてやることにしたのだ。

「目玉焼きをふたつ。半熟で」

「了解」

アイがぽそっと答えたのをしっかりと聞き届けてから、ユニットバスを出た。

ベッドの上の金剛寺は、まだ眠っている。

タイヤンは朝食の用意をするために、キッチンへ向かった。


その日の夕方、出先から一度自宅に戻った金剛寺は、まっすぐ寝室へと向かった。

「帰るなよ。今夜はまだ仕事が残っている」

タイヤンは非番の夜だったが、鮫島から足止めされる。

「今夜は大事なお客の接待があるんだ。アイも連れていく」

夜に金剛寺が人と食事をするのは珍しくないが、アイを連れていくのはタイヤンが潜入してから初めてのことだ。だが、あのクラブでは金剛寺はアイを同行していた。そしてここに来た日の夜、タイヤンもアイの接待を受けた。

今夜、アイはあの接待をさせられるのだろう。

毎夜金剛寺にいたぶられるのも胸くそ悪いが、アイが他の男に奉仕すると思っただけで胸がキリキリと痛む。

自分だってアイにさせたくせに、許せないと思うのは勝手だとわかっているのだが、どうしても怒りがこみあがる。

アイがまだ子供だから？　だが、たとえアイが成人していたとしても嫌だと思う。そう思うのに、やめさせることも逃がしてやることもできない自分は最低野郎だ。

唇をぎゅっと嚙みしめて怒りを抑え込む。

「おい、ぼうっとすんな。今のうちに俺らは腹ごしらえだ」

鮫島に促されてキッチンへ入ると、ふたりして冷蔵庫の中をかき回す。

「今晩の客は誰《だれ》なんですか？　鮫島さん」

それとなく探りを入れる。

「ああ？　お前には関係ないだろ。まあ、行けばわかるさ」

明確な答えは得られなかったが、しかしなんとなく今回の任務の目的に適《かな》う大物のような気がした。あくまでもタイヤンの刑事としての勘だが。

鮫島と並んで、急いで腹ごしらえをすます。

もしも今夜の客が大陸マフィアなら、タイヤンの仕事も大きく動くことになる。

早くこの仕事をかたづけて、アイを解き放ってやりたい。

もう誰にも触れさせたくない。

自分が、自分だけがアイを――。

「どうした？　顔色が悪いぞ」

はっとする。

心配しているのか、それともからかいたいのか、鮫島がにやにやしている。

「いえ、大丈夫です」

今、なにを考えていたのか。首を左右に小さく振る。

今夜は大事な仕事になりそうなのだ。集中しなければ、と自分に言い聞かす。

「なら、いいけど。そんなにびびんなよ」

タイヤンの、刑事としての耳が鮫島の言葉を聞き咎《とが》めた。

「……俺がびびるような相手なんですね？」

鮫島は、うっと唸《うな》って口を閉じた。

やはり、間違いない。

「大丈夫です。俺はヘマはしません、鮫島さん」

焦る鮫島の肩を叩《たた》く。一回り大きいアルファのタイヤンの威圧に、鮫島が怯《ひる》むのが触れた手から伝わってきた。

「なんだよ、新入りのくせに、えらそうな顔しやがって」

「新入りですが、会長のれっきとしたボディガードですから」

これで、やっと今回の仕事の目処《めど》が立ちそうだ。

鋭い眼差しに宿るアルファ独特の強い光に、鮫島は恐ろしいものでも見るように言葉もなくしている。しかしタイヤンには鮫島のことなど、もうどうでもよかった。

† † †

なんだか今日は一日中、身体がふわふわと浮いているようだ。

寝室でひとり、全裸に紅い首輪だけを着け片足首の枷《かせ》を鎖で繫《つな》がれたアイは、キングサイズのベッドの上で身体を横たえごろごろしていた。

シエン――いや、本当はタイヤンという名だ。彼が朝食とともに用意した昼食用のサンドイッチも、あまり喉《のど》を通らずほぼ手つかずのままワゴンに残っている。

今夜は金剛寺から接待があると聞かされていたから、少しでも食べて体力をつけておいたほうがいいのはわかっていたけど、それでも食が進まない。

朝食にタイヤンが焼いた、少し焦げた目玉焼きはきれいに平らげたのに。

あの無駄に大きな身体で、アイのために目玉焼きを焼く姿を想像すると自然と頬が緩む。

裏社会の帝王といわれる金剛寺にも劣らない他を圧するオーラを放つのに、アイの前では始終大きな身体を丸めて謝ってばかりいる。

「本当におかしなヤツだ」

アルファのタイヤンから見れば、オメガのアイなど人の姿をした家畜同然だろうに。

少なくとも今まで出会ってきたアルファはみなアイをそう扱った。

そういえば阿久津が、金剛寺の狙撃は警察絡みではないかと疑っていたことを思い出す。もうシエンと名乗る男が警察官だとバレてしまっただろうか。

アイは、そのことを彼に教えていない。親の借金のカタに金剛寺に飼われているのだと言ったが、本当のところアイにはアイの目的があって、ここにいるからだ。

教えるわけにはいかない。

なぜならアイは、彼とは敵対する組織の人間だからだ。

アイはシエンと名乗る男がタイヤンであることを知っている。そしてタイヤンがどれほど優しく人のいい男なのかも。

しかしだからといってアイはタイヤンに自分のすべてを打ち明けるわけにはいかない。自分の目的を成し遂げるためには仕方がないのだ。

それなのに、あの男は無条件にアイを信用しすぎる。

本当は目的のためには、金剛寺にタイヤンが警察の内偵者だと密告したほうがいいのだ。わかっている。だけど、そんなことをしたらタイヤンがどうなるか――。考えるまでもない。

どうか、このままで。

タイヤンが刑事だとバレずに、自分の目的も達成できればいい。だけど本当はバレたほうがアイにとっては都合がいいのは確かだ。タイヤンを金剛寺に売るのは、目的のためには正しい。

でも、もしも彼が自分をきちんと見つけてくれたなら。

まだ未練がましく一縷《いちる》の望みに縋《すが》る自分が心の片隅にいて、ふっと嗤《わら》う。もう今は、そんなことはないのだとわかったはずなのに。

昔の約束などタイヤンはとうに忘れてしまっていて、目の前にいるアイをただ、かわいそうなオメガの子供としか思っていない。

ぎゅっと眼を閉じ、自分の身体の状態を探る。

身体は依然ふわふわしているし脈も速い。けれどこれは風邪《かぜ》の症状とは少し違うようだ。この感じは、どちらかというと発情期に似ているが、それもまだ一週間以上先だ。それとも今朝《けさ》、アルファのタイヤンに抱きしめられたせいで、身体が変調をきたしたのだろうか。

まずいな、と思う。

今夜の接待の相手は、どうせアルファだろう。

金剛寺のような不能ならともかく、まともなアルファならオメガの発情にあてられて抑制できないだろう。

むっくりと起き上がると、アイはベッドサイドのピルケースから抑制剤を取り出した。少し多めに口に放り込んで顔を顰《しか》める。

抑制剤も飲みすぎると身体を壊す。

もともと大柄で頑丈なアルファに比べ、オメガは基本、小柄で華奢だ。そのうえ男でも妊娠・出産という身体的負担に加え、副作用の強い抑制剤を飲み続けるのだから短命な者が多い。

つくづく自分の性を恨みたくなる。

と、ドアががちゃがちゃと音をたてて解錠され、金剛寺が入ってきた。

慌ててベッドから飛び下りて床に座り込む。

「アイ」

近づいてくる金剛寺を犬のように座って見上げる。

「はい」

ペットらしく従順に振る舞うと、金剛寺は満足そうに頷いた。

「今日はとびっきり着飾って出かけるぞ」

そう言うと、クローゼットを開けた。中にはアイのために用意された高価な服がいくつもぶらさがっている。しかし、たいてい裸でいるのだから、ほとんど身に着けたことがないのだが。

寝室は常に適温に保たれていたから、服を着なくても寒さは感じない。

金剛寺のいない時間に限っては閉じ込められたこの空間は快適だった。ただし、鎖を除けば、だが。

アイは立ち上がると、ベッドに両手をついて、金剛寺に尻《しり》を突き出す。

足枷を外すと、金剛寺はいつものようにアイの股間《こかん》にアナルプラグを嵌《は》めた。それから黒革の貞操帯で下腹を縛《いまし》める。いつもの外出スタイルだ。

アイを立たせ、フリルの華やかなシルクの白いドレスシャツを着せかけた。滑《すべ》らかなシルクが肌をしっとりと包み込む。

アイは自分でボタンのひとつひとつを留めていく。

オーダーメイドで誂《あつら》えたシルクサテンの白いスラックスを穿《は》くと、最後に玉虫色に輝く翅《はね》のように軽いオーガンジーのマントを羽織る。

ふくらはぎまでの長さのそれは、両サイドにスリットが入っていて動くたび、裾《すそ》が揺れきらきらと煌《きら》めいた。

長い髪には、プラチナをベースにダイヤと真珠で花を象《かたど》った髪飾り。

どれもここに来るまでは身に着けたことのない高級品ばかりだ。

「綺麗だ、アイ」

金剛寺がうっとりと見惚《みと》れている。

「ありがとうございます、ご主人様」

こんな花嫁のお色直しかというような格好をさせられたところで、少しもありがたいなどと思わないが、にっこりと微笑《ほほえ》んでやる。と、金剛寺は相好を崩す。

「失礼します、オヤジ。そろそろ」

扉の向こうからノックに続いて鮫島の声がした。途端に金剛寺の顔が引き締まった。

「ああ」

また鎖に繫がれるのかと思ったが、金剛寺はアイの腕を摑むと寝室を出た。

廊下には鮫島が立っていた。その横にはタイヤン。

「今夜は特別な客との食事会だ、失礼のないようにな、アイ」

細い腰を撫で回しながら、久しぶりに服を着たアイに金剛寺は言い含める。

「はい、ご主人様」

特別な客？　これまでもたびたび接待をさせられたことはあったが、ここまで気合いを入れて飾り立てられたのは初めてだ。

前回の相手は大陸人のブローカーだった。だとしたら、今夜の相手はそのブローカーが仲介する龍幇《ロンパン》のボスだろうか。

アイは金剛寺に腕を引っ張られながら、後ろをついてくるタイヤンを横目でチラリと見た。思わずはっと息をのみ顔を逸らす。

タイヤンの顔つきが今まで見たこともないほど険しかった。おそらく並んで歩く鮫島も気づいているはずだ。

バカなヤツだ。考えたことがすぐに顔に出る。

あんなに殺気立っていたら間の抜けた鮫島でも、タイヤンがただ者ではないと勘ぐるだろう。

もう少し上手く感情をコントロールできないのかと、つい叱責《しっせき》したくなるが、しかしそんなことができるはずもない。今のアイは、ただの金剛寺のペットにしかすぎないのだから。

「行ってらっしゃいませ」

玄関に出ると若い男たちが見送りに集まっていたが、阿久津の姿はなかった。

すでに玄関先には黒いベンツが停《と》まっている。

俊敏な動きでタイヤンが後部ドアを開けると、金剛寺はアイを突っ込んで、自分も乗り込んだ。タイヤンも助手席に乗り込む。

運転席の鮫島がアクセルをゆっくりと踏み込むと、深く頭をさげて見送る男たちが後ろへと流れていった。

阿久津は、まだタイヤンの身元を洗っているのだろうか。金剛寺も鮫島も、それに関しては、なにも言わない。しかし刑事だとバレているなら、今夜、タイヤンを同行させたりしないだろう。

まだバレてはいないのだ。アイは安堵《あんど》する。でも今夜の接待の席に同行して欲しくなかったのも本心だ。

できることなら、今すぐどこかへ消えればいいのにと願うが、そんなことは叶《かな》わない。

今夜、アイはタイヤンに、男を接待して悦《よろこ》ばす自分を見られるのだ。

車はスムーズに走り、目的地に近づいていく。それとともにアイの胸もずんずんと重く塞《ふさ》がる。

胸が苦しかった。

本当に、どうしてタイヤンは潜入などしてきたのだ。こんな形で再会しなければ、こんなにも心がかき乱されたりはしなかったのに。

だけど、ずっと会いたいと願っていたのも、また本心だった。

「どうした？　アイ」

黙り込んで考え事にのめり込んでいたら、金剛寺が宝飾でキラキラする頭を撫でた。

「あ、いえ、なんでもありません、ご主人様。ただ特別なお客様って、どんな人だろうって思って、少し緊張してしまって」

あまえる素振りで、金剛寺の胸にもたれかかると、がっしりと肩を掴まれた。

「はは、心配するな。お前は綺麗だから、きっと気に入られるさ」

「だけど、ご主人様は僕を、その人にあげるのでしょ？」

上目遣いで表情を窺う。背を向けているから顔は見えないが、タイヤンの肩がぴくりと強張《こわば》った。

「それはこれからの商談しだいだな」

金剛寺の芋虫のような指が背中を這《は》い回って、気持ちが悪い。が、そんなことはおくびにもださない。

「商談、上手くいくといいと思います」

「ああ、そうなるよう、お前もしっかりと機嫌をとるんだ、わかるな、アイ」

こくんと頷く。

「でも、僕を誰にも渡さないでください、ご主人様」

太った金剛寺のぶよぶよとした胸に顔を埋め、上目遣いに見やる。吐息のように囁《ささや》くと、

「お前は本当にかわいいな」

背中を撫でられて虫唾《むしず》が走る。もし今夜、このまま大陸人のマフィアに引き渡されたら、どうすればいいのか。

目的のためなら、それもアリだが、タイヤンと離ればなれになってしまう。

胸の痛みが、いっそうきりきりと強くなる。

車は、どんどん目的地に近づいていく。

アイは考えるのをあきらめた。いくら考えたところで、相手の出方がわからなければ対処しようがない。

せめて今すぐ事故にでも遭うか、時間が止まればいいと思うのに、無情にも鮫島の運転する車は無事に約束のホテルに到着してしまった。

都内でも指折りの一流ホテルだ。よく教育されたドアボーイが慇懃《いんぎん》に車のドアを開けると、金剛寺に続いてアイも降り立った。

ロビーへと歩いていくと、周囲の客の視線を浴びた。

もっとも視線の先は美しく着飾ったオメガのアイなのか、それともダークスーツに身を包んではいるが、眼光鋭くアルファのオーラを放ちまくっているタイヤンなのか、もしく

はその両方なのか、さだかではなかったが。

ロビーでは同じくダークスーツにサングラスの大陸人らしい、隙《すき》のない男が近づいてきた。

タイヤンは前に進み出て金剛寺とアイを庇《かば》うように腕を伸ばした。

「ミスターコンゴウジですね？」

男は無表情に尋ねた。

「そうだ」

一歩前に出た鮫島が応《こた》える。

「どうぞ、ボスが待っています」

アクセントに癖のあるN国語を話す男は、くるりと身を翻すと先に立って歩きはじめた。

ＶＩＰ専用のエレベーターホールで止まると、ちょうどエレベーターのドアが開いた。

男の誘導で乗り込む。そのまま一度も停止することなく最上階に上がる。

フロアには一室だけしか部屋がない。

先導した男は、カードキーと暗証番号を併用してドアを開けた。

「ボス、お連れしました」

中に入ると、ヨーロッパの城かと見まがうほどの内装だ。

調度品には細緻《さいち》な彫刻が施され、高い天井一面に中世の天井画のように青空に舞う天使と花が描かれている。

金剛寺に連れられて、あちこち行ったが、これほど豪華な部屋は初めてだ。

すっかり見入っていると、強い視線を感じて目を向ける。広い部屋の奥にある豪華なソファにひとりの男が寛《くつろ》いだ様子で座っていた。

アイと目が合うと、男はにっこりと笑みを浮かべて立ち上がった。

「初めまして、ミスターコンゴウジ。お待ちしておりました」

彫りの深い顔立ちの男はいくつもの血が混じっているようだ。緩やかにウェーブする髪は黒いが、碧《みどり》の瞳《ひとみ》に浅黒い肌をしている。

両手を拡《ひろ》げて近づいてきた男は金剛寺に手を差し出した。

「お会いできて光栄です。王《ワン》といいます」

差し出された手を金剛寺は握る。

「こちらこそ。末永く仲良くやっていきたいものですな」

太った身体を揺らし金剛寺は笑った。

王は、次にアイに目を留めた。

「随分キュートな仔猫《こねこ》ですね、コンゴウジのペットは」

舞台俳優のような大げさな身振りに話し方。どこの映画スターなのかと思うが、この男こそが鬼龍会が手を結びたがっている大陸マフィアのボスだ。

「この仔猫はアイといいます」

金剛寺は自慢するように、アイを王の前に押し出した。

目の前に立つ王は、さすが大陸マフィアのボスだけあって威風堂々とした美丈夫だ。

年齢は三十前後だろうか。身長はタイヤンとほぼ同じ。アルファ特有のオーラを放ってにこにこしているが、鋭い眼差しの双眸《そうぼう》は笑っておらず、アイだけではなく金剛寺やその左右に立つ鮫島やタイヤンを睥睨《へいげい》している。

と、いきなり王は無遠慮にアイのシャツのボタンを引きちぎるように外すと、胸元に手を突っ込んだ。途端、背後でタイヤンがいろめき立つ。しかしぐっと耐えているようだ。

アイ自身は顔色ひとつ変えない。金剛寺の客から、もっと不躾《ぶしつけ》な真似《まね》をされたことは何度もある。このくらい、どうということはない。

「おお、N国のオメガの肌は噂《うわさ》どおり、肌理《きめ》が細かくてすべすべしていますね」

「挿入以外なら、なんでもしていただいて結構ですよ」

金剛寺はアイの意思などおかまいなしに、頭越しに王にそんなことを言っている。

「ええ、そう聞いています。金剛寺はペットをとても愛していると」

王はにこにこして頷くと、アイから手を離した。

「ここで待っていなさい」

アイに直接命じると、王は金剛寺に向き直った。

「実は私もかわいい仔猫を飼っているのですよ、コンゴウジ」

王は右隣の、仕切りを取り外したダイニングルームへと金剛寺を誘《いざな》った。テーブルの向こう正面に王と金剛寺が並んで座る。

ダイニングの奥にはキッチンスペースがあり、シェフが調理をしている。

王の執事だろうか、すでに待機していた黒服の男が瞬時に、しかし静かにふたりの前に料理の皿を置き、金剛寺と王に食前酒を注ぐ。

鮫島とタイヤンは金剛寺の後ろに立った。

王の後ろには先ほどここへ案内した男が立つ。細身だが放つオーラで、かなりの武術の使い手だとアイにも察せられる。

金剛寺とシェリーグラスをカシャリと合わせる王を見ているだけで怖気《おぞけ》が走る。

自分は、これからあの男になにをさせられるのだろうか。

八畳ほどのなにも置かれていない空間に臙脂《えんじ》を基調としたペルシャ絨毯《じゅうたん》が敷き詰められている。そこにひとり立たされ王を見ていたアイは、強い視線にはっとする。

金剛寺の後ろからタイヤンが射抜くような眼差しで睨《にら》んでいた。思わず目を逸らす。と、

「どうですか。ディナーをしながらキャットショーでも観ませんか？」

マフィアとも思えない高貴な笑顔を浮かべて王は金剛寺に提案した。

「キャットショーですか？」

金剛寺が聞き返すと、王は頷き「ミーシャ」と呼んだ。

「イエス、サー」

愛らしい声がして、アイは視線を向ける。リビングの壁際に置かれたソファの隙間から全裸の少年がひとり、四つん這いで這い出してきた。

「ははっ、うちの子は狭いところが好きなようで驚かせて申し訳ない」

笑みを絶やさず王は謝る。

ミーシャと呼ばれた少年をアイは見た。

胸まであるブロンドの長い髪、白い肌、大きな碧《あお》い瞳。ほっそりとした長い手足。首には瞳の色と同じ青い首輪。彼もオメガなのだろう、アイとはまた違う美しさだ。

足下までやってくると、少年は唇を寄せアイの羽織る虹色のマントを噛んで引っ張った。

「ヌイデ、ゼンブ」

「え？」

ミーシャがなにを言っているのか理解した瞬間、アイは困惑した表情を浮かべた。

ダイニングにはアイたちのほうを向いて、王と金剛寺が座っている。その後ろには、王の部下と鮫島、そしてタイヤン。それだけではない。執事やシェフも控えている。

しかし足下の少年はすでに全裸だ。

アイも覚悟を決めると、虹色のマントをするりと肩から滑らせて床に落とした。

『ミーシャ、手伝ってやれ』

王の言葉に、ミーシャは頷いて立ち上がった。

背丈は、一六〇センチメートルのアイとほぼ同じくらいだ。

ミーシャの指が白いスラックスの前立てを寛げていく。

さっき王がボタンを外したシャツをアイは肩から滑らせ、これも床へと落とす。

ミーシャがアイのスラックスを引き下げていく。下着を着けていないアイの、黒い貞操帯で縛められた下腹部が露《あら》わになる。すとんとスラックスが絨毯の上に落ちた。

アイの貞操帯を目にしてもミーシャは驚かなかった。

ただ目を細めて、アイを見上げている。なにを考えているのか、わからない眼差しだ。

アイも床へ膝《ひざ》をつく。すかさずミーシャが頬をすり寄せてきた。

『友達ができて嬉《うれ》しいだろ？　ミーシャ』

王の言葉に、ミーシャが頷く。

「イエス、サー」

膝立ちになり、四つん這いになったアイの肩を抱く。

同じ白い肌でも、こうして並べてみると微妙に違っていた。

ミーシャは白磁のように透き通るほど青白く、アイは真珠のように黄味を帯びて、こっくりと輝いている。同じなのは、ミーシャの肌にもアイの肌にも、縛られて鬱血《うっけつ》した痕が無数についていることだ。

執事がワインを金剛寺のグラスにそそぎ、次いで王のグラスにも満たす。

王はふたりのオメガから目を離すことなく、グラスを手に取り、ゆっくりと口に運ぶ。

ミーシャは毛繕いをするかのように、片手でアイの髪を撫で梳《す》く。

「キレイ」

髪飾りに触れると、うっとりと感嘆の声を漏らす。

もう片方の手で頬に触れられ、顔をあげさせられた。

すりすりと頬を擦《こす》り合わせていたミーシャの顔が、ゆっくりと動いて頬を滑っていったと思ったら、小さな唇が重ねられた。

ぴくっと肩が竦《すく》んで、思わず後ろに後ずさった。口淫《こういん》を強要されたことはあっても、く

ちづけされたのは初めてだ。動揺を見せるアイを、しかしミーシャは、それ以上深追いしてこない。

ちゅっと音をたててアイの唇に軽いキスをすると、すぐに顎《あご》から耳へと唇を滑らせた。

髪を撫でられ、軽く耳朶《じだ》を噛まれると身体がぴくんと跳ねた。

ただの軽い触れ合いなのに、身体の奥がじんと痺《しび》れ熱が点《とも》りはじめる。

「はっ……あんっ」

あまい吐息が漏れる。

ふと、焼けつくような強い視線を感じた。ちらりと横目で見やると、ダイニングの奥に立つタイヤンが険しい表情で睨んでいる。

ずくん、と背筋に電流が走り抜ける。

抑制剤はもちろん服用している。けれど、アルファの焦がれるような眼差しに晒《さら》されると、オメガの血は沸き立つ。

「ノー」

耳元で囁くと、ミーシャは自分に集中しろとばかりにアイの肩を押して、ふたりして横たわっていく。アイにぴったりと密着すると、仔猫がじゃれるようにアイの耳、赤い首輪のまわり、鎖骨、肩とあま噛みしていく。

「ん、ふ……ぅ、は……ぁ」

アイの真珠のような肌がうっすらと朱に染まっていく。

「あ……っ」

身体が仰《の》け反《ぞ》ったのは、胸の粒をペロリと舐《な》めあげられたからだ。ミーシャは指で、もう片方をくるくると捏《こ》ね回している。快感が身体を駆け巡り、縛められた中心が昂《たか》ぶる。

「はぁ、あ、んっ」

我慢しきれない喘《あえ》ぎが、乱れた息とともに漏れ出す。

ミーシャの愛撫《あいぶ》で蕩《とろ》けそうになる身体が、さらにタイヤンの射抜くような視線で燃えそうに熱くなっていく。

見ているのだ、アイの、こんな恥ずかしい姿を。そう思うと、ぶわりと愉悦が深まる。

「は……っ、あ、あう……っ」

締めつけられた下腹は痛いほど張り詰め、先端からとろとろと涎《よだれ》を垂らしている。

「フフッ、キミダケキモチイイ、ズルイヨ」

片言のN国語でミーシャが囁く。小鳥が囀《さえず》るようなかわいい声だ。くるりと身体を反転させると、

「キミモ……」

自分の中心をアイに含ませた。

「……んっ」

アルファのモノよりあきらかに小さい、細く可憐なそれを全部すっぽりと咥《くわ》え込む。

「ふ……っ」

鼻にかかったあまったるい吐息を漏らすと、ミーシャも目の前のアイの貞操帯で縛められた昴ぶりの先端に舌を這わす。

くるりと輪に丸まり、ちゅくちゅくと水音をたてて互いを舐め合う。

その間も、アイの全身がずっとタイヤンの視線に晒されている。身体が熱い。

アイはタイヤンの視線を意識から逸らすように、ミーシャのそこに集中して、追い上げていく。

「ん、んっ、ふぁ、あ……」

さっきまで微笑んでいたミーシャが今、切羽詰まったせつなげな表情を浮かべている。

アイは熱心に口の中のミーシャをかわいがってやる。

ミーシャのオメガフェロモンが強くなる。

と、ふたりの69を、酒を飲みながらじっと眺めていた王が立ち上がった。

ふらふらとふたりに近づいていく。アルファのフェロモンが強く立ちのぼる。

近づいた王は手馴《てな》れた様子でミーシャの腰を持ち上げた。スラックスの前を寛がせると、すでに怒張して反り返ったモノをミーシャの中へと突き立てる。

「ん、んん……っ」

堪《たま》らず、といった様子でミーシャは床に手をついた。しかし口に含んだアイを離そうとはしない。アイも、ミーシャの下に潜り込んで、まだミーシャの花芯《かしん》を咥えたままだ。

王がミーシャの後蕾《こうらい》を貫いて、パンパンと狂ったように腰を打ちつけはじめた。

ミーシャと王のフェロモンが混じり合って強くアイの鼻孔を刺激する。

「う……っ、あ……っ」

身体を反らせ、王に応えるように腰を揺らし、ミーシャはすでに快楽の虜《とりこ》になってしまったようだった。一度ならず二度、三度、アイの口腔《こうこう》に白蜜を放つ。びくびくと何度も大きく身体を痙攣《けいれん》させて、前も後ろもイキッぱなしのメスの獣になりはてている。

そのうちアイの存在もギャラリーがいることも忘れてしまったのか、大きな声でよがりだした。

「はぁ、あうっ……、うっ……、い……っ、あ、ああ――っ」

ミーシャが極めるたび、アイは放たれた白蜜をごくんと飲み下す。見なくても、タイヤンの視線が自分の痴態に張りついているのがわかる。刺すような視線が痛い。

ミーシャを口で犯しながらずっと、アイはタイヤンに視線で犯されている。

やがて王と身体を繋げたまま、ミーシャはぐったりと意識を失った。そのタイミングで、アイはミーシャの身体の下から這い出した。

顔をあげると、タイヤンと視線が絡まる。ふるりと身を震わすと、アイは目を逸らせた。

「もう今夜のショーは終わりだ」

身体を繋げたまま王は言うと、そのままミーシャを抱きかかえ奥のベッドルームへと歩いていく。

「ミスター、アイは気に入った。取り引きに応じることにしよう」

視線をミーシャに据えたまま言い放つ。

気に入った、とはどういうことだ。やはり取り引きにはアイも含まれているということか。

「バージンなのもいい。支度金はたっぷりはずむから、せいぜい傷をつけないよう丁重に取り扱ってもらいたい」

「わかった。約束しよう」

しかし王は言いたいことだけ言うと、もう金剛寺など目に入らないようだった。ぐったりしているミーシャの頬をパシッと叩く。

「っつ」

「起きろ、そしてもっと私を満足させるんだ」

酷薄な笑みを浮かべ、ミーシャに夢中だ。

「ミスター、すみません。ボスはああなると、他のことが目に入らなくなります。どうぞ、今日はこれでお引き取りください」

ベッドルームに消えた王に代わって部下が金剛寺を促す。

「あ、ああ。アイ」

「はいっ」

金剛寺に呼ばれて、急いで脱いだ服を拾い上げた。

オーガンジーの役に立ちそうにないマントだけを羽織り、後は両手に抱え金剛寺たちの傍《そば》へと駆け寄る。傍らに立つタイヤンが、眉間《みけん》に皺《しわ》を寄せてじっと見ている。

さっきの焼き殺されるかと思うほどの熱い視線を思い出し、身の内がぞわりと震える。

逃げ場のない熱がアイの身体に燻《くすぶ》っている。まだ発情期《うず》ではないし、抑制剤も服用しているが、性的興奮状態に陥れば、やはり身体は熱く疼く《うず》のだ。

「はしたないヤツだ。そんなにして」

アイの腕を取った金剛寺が羞恥《しゅうち》を煽《あお》るように揶揄《やゆ》する。しかしタイヤンの視線を浴びている状態では興奮を静めるのは難しい。

おかしい。ミーシャにあてられ、あれほどフェロモンを垂れ流していた同じアルファの王には、こうまで反応しなかったのに。

いや、王だけではない。今まで出会ったアルファの誰ひとりとして欲しいと思ったことは一度もない。それなのにタイヤンには、どうしてこんなに狂おしいほど欲情してしまうのだろうか。

運命の番《つがい》など、都市伝説でしかないというのに。

アルファなんか信用できない。自分はアルファを利用して生きていく。とうにそう決めている。タイヤンだって、結局はアイを探し求めて見つけたわけではないのだ。ただ自分の手柄のために利用し、勝手に同情しているだけだ。

だけど――。

タイヤンの張りつく視線を無視し、自分から金剛寺の腕に両手を絡め、しなだれかかる。

「はやく楽にしてください、ご主人様」

わざと鼻にかかったあまったるい声でねだる。

「ははっ、我慢できないのか、しょうのないヤツだ」

金剛寺もミーシャと王の痴態にあてられたのだろう。情欲に光る眼差しでアイを見つめる。勃《た》ちなどしないのに。

部屋を出たすぐのエレベーターホール。王の部下が暗証番号を打ち込む。すぐにエレベーターが上がってきた。王の部下はその場に立ったまま、乗り込む四人を見送った。

ドアが静かに閉まる。金剛寺は王との取り引きが成立して上機嫌だった。

思っていたよりも酷い目には遭わなかったが、しかし王はアイを気に入ったと言った。

金剛寺はどうするつもりなのだろう。

訊《き》いてみたいが、今はタイヤンがいる。今晩、帰ってからのほうがいいだろう。

そう判断すると、アイは仔猫のように金剛寺にすり寄った。

タイヤンの視線は依然身体に熱く張りついて、アイを内側からどろどろと蕩けさせていく。

ひどく昂ぶって困惑する。身体ばかりでなく、心が熱を帯びて揺らぐ。

車の中で、いつものように金剛寺に身体を弄《もてあそ》ばれても、常にタイヤンの視線を感じ続けた。

「お前も、今晩はあの毛色の違う仔猫とじゃれあって愉《たの》しかったのか。いつもより感じてるじゃないか」

耳元で金剛寺が囁く。

「あ……っ、だ、って」

言えない。タイヤンの視線があまく身体中を昂ぶらせているなどとは。視線だけでこんなにも深く感じさせられているのだ。

初めてアルファが、タイヤンが欲しいと、身体が求めている。

「ご主人様が……、あ、んっ」

なのに、それを口にはできない。

欲しがってはいけないのだ。そう言い聞かすのに、身体中の血が本能でタイヤンを渇望している。

つらくてつらくて、金剛寺から与えられる快楽に身を委《ゆだ》ねるしかなかった。


日付が変わる頃、寝室のドアがノックされた。

「なんだ」

金剛寺が鋭く声をあげた。

「すみません、会長。阿久津です。少しお話が」

「入れ」

カチャリとドアが開いて、瘦《や》せぎすのカマキリを思わせる風貌《ふうぼう》の銀縁眼鏡《めがね》の男と、続いて鮫島が入ってきた。

裸体でぐったりとベッドに俯《うつぶ》せたまま、はあはあと肩で息をしているアイを冷たく一瞥《いちべつ》すると、阿久津はベッド端で胡座《あぐら》を組んで葉巻を吹かしている金剛寺に向き直った。

「会長、襲撃の件はやはり警察の仕業のようです」

「話せ」

ふうと煙を吐き出すと、金剛寺は強面《こわもて》の顔をさらに険しくする。

「聞いたところでは、近々組対《そたい》がうちの摘発を狙《ねら》っていて、その準備のために内偵を放ったらしいのです」

「組対の潜入か、なるほど」

金剛寺は大きく頷いた。

「オヤジ、犬はシエンだ。間違いない」

鮫島が大きく吠《ほ》えた。

シエン？　誰だっけ。アイはぼんやりした頭で思考を巡らし、やがてそれがタイヤンの偽名だったと理解する。途端、全身が強張りはっきりと覚醒《かくせい》する。

「私も彼について調べてみました」

阿久津が手にしていた封筒の中身をテーブルにぶちまけた。

ぱらぱらと舞い散った書類とともに写真が数枚。写っているのは制服を着たタイヤンだ。

警察官に金を貸している阿久津が弱みにつけ込んで聞き出したのだろう。いや、脅したのか。どちらにせよ鬼龍会では一番の情報通だ。

「本名火浦《ひうら》タイヤン、二十六歳、高校を卒業後、警察官に任用。警察学校を卒業した後、各地の交番勤務を転々とした後、二十五歳で刑事になり組対に異動したが、その直後、足取りがばったりと消えたそうです」

投げ出された書類と写真をアイも手に取る。そこにはカフェバーらしき場所で、男女交え数人で楽しそうに騒いでいるタイヤンの姿が写っている。

他にも女性とふたりきりの写真もあった。タイヤンがその女性の肩に腕を回しているのを目にし、胸がずきんと痛む。

どうして？　タイヤンの正体がバレたことよりも、そんな自分に動揺する。

「さっさと始末しろ、鮫島」

金剛寺の殺気立った口調にぞくりと背筋に冷たいものが走り、思わず目を向ける。

さすがに金剛寺もアルファで鬼龍会を牛耳るだけの男だ。身体から発する強い怒りのオーラに、アイも身が竦んでしまう。だが阿久津は怖《おそ》れることなく口を挟んだ。

「お言葉ですが会長、今すぐあの犬を始末するのは得策ではありません。ヤツはきっとなんらかの形で警察と連絡を取り合っているはずです。今、その連絡が途絶えたら、真っ先に潜入先のうちが怪しまれます。大事な取り引き前に警察に踏み込まれたら台無しです」

「……それもそうか」

まだ怒りを露わにしながらも、金剛寺は阿久津の話に耳を傾けている。腕っ節はないが阿久津は大学出の、いわゆるインテリヤクザだ。金も運んでくる。自然、金剛寺も一目も二目も置く存在だった。

「けど、オヤジ。だからって、このままってわけには」

タイヤンにまんまと騙《だま》されていた鮫島は、苦々しげに口を挟む。

「トラップを仕掛けてはどうでしょうか？」

阿久津は鮫島の言葉など歯牙《しが》にもかけない。完全に無視して金剛寺だけに話しかける。

「トラップだと？」

「そうです、取り引きの日、違う場所と時間をヤツに、わざと教えるのです。そうすれば警察も騙されて、そちらへ張りつくでしょう」

「なるほど」

「取り引きのどさくさに紛れて始末すればいいのです。それも我々ではなく、大陸マフィアに始末されたのだと吹聴して」

「へ、そう上手くいくかよ。さっさと始末したほうが手間は省ける」

「お前は黙ってろっ」

差し出口を挟んでくる鮫島を金剛寺が怒鳴りつけた。途端、鮫島は黙り込む。

「ご主人様、お願いです。僕に、やらせてもらえませんか？」

そのタイミングでアイは金剛寺に縋りついた。

「アイ？」

必死だった。怒りにぶるぶると身を震わす金剛寺にぜひとも自分の言葉を聞き届けてもらわなければならないのだ。跪《ひざまず》いて金剛寺の脚に縋りながら訴える。

「僕をご主人様のいい犬にしてくれるって約束してくれたでしょう？　だから、僕がその犬を始末したら、あの大陸人のところにやらないで、ご主人様のもとにずっと置いてください。かならずお役に立ちますから」

「お前が、あの男を始末するだと、アイ？」

「バカが。お前みたいな弱っちいオメガにできるわけがないだろ」

鮫島が端《はな》から無理だと決めつけアイを見下す。しかしアイは再度訴える。

「ご主人様、かならず上手くやり遂げますから、お願いです」

できるだけ従順に見えるように振る舞うと、金剛寺は太い指で頭を撫でる。

「そうか、やりたいか、アイ」

金剛寺の目が異様に光る。

「はい、ご主人様。僕を使ってください」

ぞくりとしながらも、アイはさらに言い募る。

「よし、わかった、アイ。じゃあお前にさせてやろう。上手くヤツを仕留められたら、俺の嫁にしてやってもいいぞ」

それは今とどれくらい違うというのか。むしろ今以上に金剛寺に縛られるのではないか。しかしそんなことをわざわざ尋ねる気はない。アイの目的は、そんな些細《ささい》なものではなく、もっと大きい。

「それじゃあ、上手くやれたら、僕をどこにもやったりしませんか？」

「それなら会長、そのオメガに拳銃を持たせたらどうですか？」

アイの問いに阿久津が言葉を被《かぶ》せるように提案する。

「アイに拳銃をか」

金剛寺は渋い顔をする。

「だが……」

金剛寺の目が猜疑《さいぎ》に揺らめく。

当然だ。この男は玩具《おもちゃ》としてアイを気に入ってはいるが、基本メスを信じてはいないのだ。

アイは男だが雌猫同然のオメガだ。そのアイに拳銃を持たせて自分が撃たれる心配をしているのだろう。

「ご心配には及ばないと思います」

それを察して阿久津は言葉を継ぐ。

「もし、このオメガが会長に銃を向けるようなら、すぐさま鮫島に撃ち殺させればいいんです。初めて銃を扱う腕力のなさそうなオメガなど、鮫島の腕なら造作もないでしょう」

「俺が？」

阿久津は頷く。

「そうだ。お前は大事な鬼龍会の跡目だ。だからお前の手でサツを始末し発覚した場合、刑務所送りになるのはまずい。その点、このオメガなら身寄りもないし、消えたところで誰も騒がない。サツの始末が成功しても、その後に露見した時は殺害犯として引き渡せばいい」

「待て、アイを警察に渡すのか？」

金剛寺はうろたえている。それほど執着しているのなら、もっと大事に扱えばいいのにとアイは思う。

「会長、ペットなど、また買えばいいのです。なんなら王に譲ってやったらどうですか？」

「いやですっ、あの男のところには行きたくない」

即座に拒絶すると、阿久津は金剛寺の前だというのに露骨に舌打ちした。

「ちっ、使えないオメガだ」

使えようが使えまいがお前には関係ないだろうと、アイは胸の内で悪態をつく。

「わかったわかった、お前がちゃんとアイツを殺《や》れたら、俺の正妻にしてやろう」

酷く苛《いじ》めるが、金剛寺はアイにはあまい。ただし裏切らなければ、だが。

「ありがとうございます、ご主人様」

「鮫島」

しかし鮫島に向けた顔は闇《やみ》社会の頭そのものだ。

「はい、オヤジ」

さっき金剛寺の怒りをまともに喰《く》らった鮫島は、おとなしく返事をする。

「アイに拳銃の使い方を少し教えてやれ」

「わかりました」

「シエンに気づかれないよう、今のうちに少し練習させればいい。会長、私はこれで失礼します。あちらとの最終的な詰めは抜かりなくやっておきますからご安心ください」

阿久津はそう言うと、丁寧に頭をさげ寝室を出ていった。

「お前は俺と一緒に来い」

鮫島はアイを見下ろす。

「どこにですか？」

「地下室だ。防音にしてあるから射撃の練習ができる」

この屋敷にそんなものがあるなど初めて知った。

「早くなにか着ろ」

命じられてクローゼットからシャツとボトムスを適当に選んで素早く身に着けた。

金剛寺は吸っていた葉巻を灰皿で擦り潰《つぶ》すと、おもむろに立ち上がる。

鮫島を先頭に金剛寺に腕を摑まれ寝室を出る。廊下の突き当たりまで行くと金剛寺が柱に埋め込まれた小さな四角い装置に掌《てのひら》を当てた。途端、ヴィィィと微かな電動音がして壁が上がっていく。

どうやら掌紋認証キーになっているらしい。上がった壁の向こうには地下へ下りていく階段があった。

幅十メートル、奥行き三十メートルほどの広さの地下室は、手前の壁際にソファが、その二メートル先は、ガラス壁で仕切られた射撃練習場になっていた。出入り口にぶ厚いガラスドア、その向こうにカウンターが見える。そしてカウンターの二十メートルほど先にはマンターゲット。

地下室に入ると、金剛寺は壁際のソファの奥にあるキャビネットの認証キーを、これも掌を当てて開ける。中には様々な銃器がびっしりと詰まっていた。その中から鮫島が一番小さい拳銃を取り出しアイに握らせた。

「ワルサーPPKだ。こいつが一番コンパクトだから、お前にも扱いやすいだろう」

ガンマニアでもある鮫島は嬉しそうにアイに拳銃の講釈をとくとくとたれる。興味のないアイは、大事な箇所以外は適当に聞き流す。

「おい、鮫島、さっさと始めろ」

痺れをきらした金剛寺は怒鳴ると、傍にあったソファに腰を下ろした。

「はい、すみません」

金剛寺に頭をさげると、鮫島はアイを連れてガラス張りのドアを開けて中に入る。

カウンターの前に立つと、実包の装塡《そうてん》からレクチャーされる。一通り教え終わると、

「じゃあ、撃ってみるか」

鮫島は軽い調子で腕を伸ばし、二十メートル先のマンターゲットをロックオンする。狙いを定めると、サイレンサーを取りつけたワルサーPPKのトリガーを引く。籠《こ》もった炸裂《さくれつ》音がしたと同時に心臓が見事に射抜かれていた。

「どうだ、お前もやってみろ」

言われて銃を構える。

「もっと脚を開いてふんばれ」

鮫島が背中に密着するように後ろからアドバイスする。

「いいか、ぶれないように両手でしっかり握るんだ、そうだ」

手を重ねられて的を狙う。

「撃つぞ」

囁かれてぐっとトリガーを引く。衝撃をまともに身体に受ける。

アイの撃った弾丸は、左肩の端に孔を開けた。

「阿久津も無茶言うよな。お前本当に大丈夫かよ」

「大丈夫、です」

答えると鮫島を押しやり、自力でトリガーを引いた。今度は的にかすりもせず、頭上の

5X

壁にカツンと食い込んだ。

「ははっ、本当に大丈夫かよ」

鮫島はひとしきり笑うと、カウンター上のふたつ並んだスイッチのひとつを押した。と、マンターゲットが動き出し手前に迫ってくる。

「あいつを殺るときは、もっと密着してるだろうから、この距離でやってみろ」

もう一度、銃を構えると、五メートルほどに狭まったマンターゲットの心臓をふたたびロックオンする。

トリガーを引くと、銃弾は意に反して頭部を貫いた。

「やるじゃないか、オメガのお嬢ちゃん。確実に仕留めたな」

パンパンと気の抜けた拍手とともに鮫島が揶揄する。

「僕をそんなに信用していいんですか、鮫島さん」

ぽそりと呟くと、鮫島は面白そうに笑う。

「なに？　オヤジを撃ちたいのか？　いいぜ」

アイの耳元で低く囁く鮫島に思わず視線を向けた。

「どうして？」

「どうしてかって？　お前がオヤジを撃てば、俺はすかさずお前を撃ち殺す。そうすれば、オヤジの仇《かたき》を取った俺は誰もが認める鬼龍会のトップだ。もう、阿久津の好きにはさせない」

囁きの最後を唸るように吐き捨て、鮫島は阿久津への憎しみを露わにした。

まあ、そうだろうな、とアイは思う。

金剛寺を撃たないまでも裏切るような行動に出れば、鮫島は容赦なくアイを撃つだろう。

銃の扱いの差は一目瞭然《いちもくりょうぜん》だ。たとえ今手にしている銃で鮫島を狙ったとしても、簡単にかわされて銃を奪われ、返り討ちにされるだろう。

金剛寺に言ったとおり、アイはタイヤンをやるしかない。

硝煙の匂《にお》いが地下室に立ちこめる。

アイが裏切るようなことをすれば、金剛寺も鮫島も決して許さないだろう。やはり、やるしか選択肢はないのだ。

「かならず殺れよ、オメガ」

凍るように冷たい鮫島の声が頭上から降ってくる。

「やるさ、もちろん」

繰り返した発砲の衝撃で、握りしめた右手がひどく痺れる。

自分はちゃんとやれるだろうか。その自問に、愚問だったなと薄く笑う。

やらなければならないのだ、どうしても。

しかし、あの優しい男に銃口を向ける想像をするだけで胸が張り裂けそうだ。でもこうなったからには逃がしてやることもできない。

ここまで来たなら引き返せないのだ。

自分はもう、銃をこの手にしている。

もう一度、マンターゲットに向けて構える。

タイヤンの、なにもかもを自分の中からシャットアウトする。感情を殺すのだ。

心を無にし、痺れる指先でアイは強くトリガーを引いた。

† † †

無造作に抑制剤を十錠ほど掌に落とすと、タイヤンは一気に飲み下した。

夜番のたびに薬の量がどんどん増えていく。

副作用で、気怠《けだる》くぼうっとするが、背に腹は替えられない。

これ以上アイに欲情するわけにはいかないのだ。

寝室に入り、アイの身体からバイブを引き抜き、抱きかかえる。

しかしどれだけ薬を服用しようがアイを欲する熱はおさまらない。

同じオメガのミーシャがヒート状態に陥っても劣情を催さなかったのに。

ミーシャが王の番だからなのか、それともオメガの中でも、とりわけアイの匂いに反応するということなのだろうか。

しかしタイヤンは『運命の番』という都市伝説は信じない。そんなものは錯覚だ。

アイが自分を平常ではいられなくするオメガだという事実があるだけだ。

アイを欲する衝動を、無理やり薬と理性でねじ伏せる。

いったいいつまでこんな拷問のような日々が続くのか。

先日、王との接触で取り引きは成立していたようだが、具体的な話を金剛寺たちはまだしていない。

おそらく水面下では話は進んでいるのだろうが、タイヤンの耳にはまったく入ってこない。このままタイヤンの知らないところで取り引きがおこなわれるのではないかと不安になる。

大陸マフィアの居場所も名前も顔すら判明していながら、取り引きの現場を押さえることができなければ、自分がなんのために危険を冒して潜入したのか、わからなくなる。

いや、潜入自体は無駄ではなかった。

アイに出会えたからだ。と考えて盛大に首を振る。いやいや、アイに出会えたといっても、あの子は保護すべきオメガの少年だ、どうしてそこで自分は喜んでいるのか。

「どうかしたの？」

頭を抱え込んだらバスマットに座り込んでいるアイが振り向いた。

どうやら縄を解きながら、ぼんやり考え事をしていたのを悟られたらしい。聡《さと》い子だ。

「あ、いや、なんでもない」

こほんと咳払《せきばら》いをすると、解いた縄をひとまとめにして片隅に除《よ》ける。それからスポンジを手に取るとボディソープを泡立てた。

王のところでアイがミーシャと絡み合う悩ましい光景を目にしてから、まともにアイの身体を見られない。

いや、見たくて仕方がないのを、理性で必死にねじ伏せているというべきか。

紅い痕に彩られた滑らかな背中を、眼を逸らし泡だらけのスポンジで優しく撫でていく。

「今週土曜日、午前一時」

「え？」

こそっと呟いたアイの言葉を訊き返す。

「場所はY港」

アイは背中を向けたままだ。しかしなにを言っているのかはわかる。

「それは本当か？」

こそりと囁くと、アイは頷いた。

「間違いないよ。金剛寺は昨夜《ゆうべ》ベッドの中で、王と直接通話していたから」

背中を洗い終えたタイヤンは、スポンジを手渡した。受け取ったアイは首筋からゆっくりと洗いはじめる。

「取り引きの時に僕をオマケでつけるんだって」

正面の鏡に、アイの綺麗な顔が湯気を透かして映っている。

「オマケって、お前、お菓子のオマケみたいに」

憤慨したが、鏡越しにアイは薄く笑っていた。

「もう僕のことは飽きたみたい。代わりに王からミーシャのようなT欧系の綺麗なオメガの男の子を斡旋《あっせん》してもらうんだって」

「飽きたって、ペットじゃないだろ」

露骨に顔を顰める。

「ペットだよ、金剛寺にとってオメガは。それより、そんな大きな声を出したら、金剛寺が起きるよ」

アイは呆《あき》れたように呟いてタイヤンを諌《いさ》める。

あまりの憤りに、知らず大きな声を出していたらしい。慌てて口を押さえると、カランを捻《ひね》りバスタブに落ちる湯量を増やす。それから深呼吸をひとつして気持ちを落ち着かせてから、おもむろに礼を言う。

「ありがとう、アイ」

これで喉から手が出るほど欲しかった取り引きの情報を入手できた。

今週の土曜日、正確には日曜の深夜だが、あと四日だ。四日経てば、やっとこの苦行のような任務から解放されると思うと、本当にありがたかった。

「約束どおり、かならずお前をここから連れ出して自由にするから、もう少しだけ我慢してくれ」

オメガシェルターに行けば、きちんと教育も受けられる。なにより金剛寺が不能とはいえ、アイのこの生活は未成年に対する性的虐待でしかない。助けて保護するのは、刑事であるタイヤンにとっては当然だ。

そうだ、自分は警察官だ。アイが欲しいなどと、微塵《みじん》も思ってはいけない。

「ううん……」

アイは俯いた。

「どうかしたか？」

喜ぶかと思えば、意外にもせつなげな顔をしている。まさかタイヤンの言葉を信用していないのだろうか。

「嘘《うそ》じゃないぞ。本当に俺はお前をここから助け出す。俺の命に替えてもかならずだ」

金剛寺の手前、声を潜めてはいるが、真剣にアイに訴える。

アイは小さく頭を横に振った。

「嘘だなんて思ってないよ」

「なら、どうしてそんな顔をするんだ？」

なんだか諦観《ていかん》しているような表情だ。タイヤンは気にかかる。

「だって助けてくれるって……言ってくれたから」

「え？」

俯いたアイの声は、ザーザーと、バスタブに落ちる湯の音で聞き取りにくかった。

「誰かに助ける、自由にするって言われたのは初めてだった、から……」

「なんだ、そんなこと」

ふっとタイヤンは口許《くちもと》を緩めた。

「金剛寺にこういう生活を強いられていること自体、不当なんだ。当たり前のことだ。むしろ、今すぐどうにかしてやれなくて申し訳ないくらいだ」

大きな手がアイの形のいい小さな頭に触れた。と、アイはぎゅっと目を瞑《つぶ》り、身を固くした。タイヤンははっとして手を離す。

「悪い」

アイはさんざんアルファから搾取されているのだ。もしかしたらタイヤンに触られることも本当は嫌だったのかもしれない。

思えば金剛寺にあれほど苛められているんだ。

不用意に触れられることを怖がっても不思議ではない。おまけに自分はアルファだ。なおさらアイに触れてはいけなかった。今までだってアイは我慢していたのかもしれない。

考えの足りない自分にタイヤンは腹が立つ。

そういえば、ふと思い起こす。

鮫島がアイを風呂《ふろ》に入れているのを見たことがあるが、監視するようにじっと見ていただけで、身体に触れてはいなかった。

アイは自分で自身の身体と頭を洗っていた。

もしかしたら、自分はずっとよけいなことをしていたのでは、と今さらながら気づく。

気づいたからには確かめなければと思い、アイに訊いてみる。

「なあ、鮫島はお前の身体を洗ったりとかしないのか？」

もしアイが、こうして身体に触れられるのが嫌だったなら、自分も手を出さすアイに任せたほうがよかったのではないだろうか。事ここに至った今となってはめちゃくちゃ遅すぎだろうが。

しかしアイは、小さく首を横に振った。

「鮫島さんはなにもしないよ。いつも黙って見ているだけ。でも手を出されても、あの人は乱暴だし雑だから嫌だ。自分でするほうがいい。だけどシエンさんみたいに丁寧に優しくしてくれるなら、洗ってもらうほうが嬉しい」

恥ずかしそうに答えた。

「そ、そうなのか」

なぜだか顔が熱くなる。

そんなふうに言われたら、よけい優しくしてやりたくなる。

抱きしめて、キスして、かわいいかわいいと撫で回して――。

思わず伸ばしかけて手を止めた。そうしたい衝動を抑え込む。

これはいったいオメガに対するアルファの本能なのか、それとも情なのか？

こんなふうに狂おしく、誰かを欲しいと思ったことが今までないから、わからない。

「どうしたの？」

タイヤンの気も知らず、アイは無邪気に小首を傾《かし》げる。

「……いや、朝飯の支度をしてくる」

のそりと立ち上がると、バーハンドルに手をかけた。

「目玉焼き……」

「え？」

ぽそりと落とされた呟きに振り返る。

「今朝は目玉焼きふたつ、半熟で」

見上げたアイと目が合った。

「わかった、今日は焦がさないようにするから」

こくんと頷くアイがひどくかわいらしくて、触れたいと駄々をこねる手を宥《なだ》めるのに苦労してユニットバスを出ていく。

本当は抱きしめたくて堪らない。あの白く滑らかな身体の隅々に触れてあまく啼《な》かせたい。

思う存分身体を暴いて精をそそぎこみたい。めいっぱい孕《はら》ませたい。

優しくしたいだけではない、浅ましい欲望がタイヤンの身体中に渦巻く。自分にこんな凶悪な衝動があるなんて今まで知らなかったし、知りたくなかった。

けれどもう知ってしまった。

もういつ暴発してもおかしくないほどのどす黒い欲望が、タイヤンの身の内で暴れ狂っている。

しかしそれもあと四日だ。

今度の土曜に取り引きがおこなわれるとアイは言った。

金剛寺をはじめとする鬼龍会の幹部を逮捕し、取り引き相手の大陸マフィアにまで捜査の手を伸ばすことができれば、今回の任務は終了する。

それまでの我慢だ。

連中を一網打尽に摘発し、保護したアイをオメガシェルターに預けたら、もう自分でも持て余すほどの、こんな破廉恥な劣情に悩まされなくてすむ。

そうだ、もうあと少しの辛抱だ。

何度も自分に言い聞かせる。

空腹の極地なのに、目の前に好物のご馳走《ちそう》がある。

香ばしい匂いが容赦なく鼻孔を刺激して、限界を超えてなお、口にすることができない。

凄《すさ》まじくつらい状態だ。

早くその状態から解放されて、楽になりたかった。


「マジできついです」

その夜、公衆トイレの個室でモバイルフォンに向かってタイヤンは泣き言を吐いた。データ王との取り引きの日時がわかったことで潜入して初めて上司に電話をしたのだ。データのやり取りは毎日のようにおこなっているが、たまには直接、愚痴のひとつも零《こぼ》したかった。

『そう言うな。金剛寺のペットのオメガを協力者にできたのは、お前のアルファ性のおかげもあるんだろ？』

「……ペットのオメガとか、言わないでください」

ムッとする。アルファだからオメガを協力者にできた、と言われたことにもムカついた。たとえオメガでなくても、アイが金剛寺にいいように玩具扱いされているのをほうっておけるわけがないし、まして手懐《てなず》けたいわけでもない。

ともに闇組織に立ち向かう同志だと、勝手にだがタイヤンは思っている。

アイを目の前にすると、欲情してしまうアルファの詭弁《きべん》に聞こえるかもしれないが。

『お前が言ったんじゃないか。金剛寺はオメガをペットにしている、と』

「それは、そうですが」

そう、はじめにアイのことを金剛寺のペットと報告したのはタイヤンだ。

しかし今はアイをペットなどとは微塵も思っていない。いや、アイだけじゃない。

そもそもタイヤンはオメガを人間扱いしないことに憤りを感じている。

オメガだって人間だし、アイはペットなんかじゃない。

助けが必要な虐待されている子供だ。

「それよりオメガシェルターの部屋の準備、ちゃんとしておいてくださいよ。土曜日の深夜に連れていきますから」

『ああ、わかっている。その心配は要《い》らない。だが土曜日までの動きは、逐一報告しろ。大口の麻薬取り引きとなれば、あの胸くそ悪い連中が出っ張ってくることも考えられるからな。いいか、かならずうちが押さえるからな。頼むぞ、火浦』

電話口の上司が本名で呼んだ。

「了解です」

上司と話す一時《いっとき》、タイヤンは育ての父と家族だったことを再認識する。火浦は養父の姓だ。火浦タイヤン——電話の相手に火浦と呼ばれても、なんの違和感もない馴染《なじ》んだ名前だ。もう滅多に会うことのない家族だったが。

それにしてもうちの上司は、本当に『アイツら』が嫌いらしい。

まあ、仕方ない。

同じ獲物を追う猟犬同士、仲良くできないのも理解できる。

「要は、うちが先に手柄を立てればいいんだ」

タイヤンは独りごちた。

「もうすぐだ。もうすぐ自由になれるぞ、アイ」

アイが端整な顔を艶《なま》めかしく歪《ゆが》ませて、淫《みだ》らに喘ぐ姿が脳裏にちらつく。

王の部屋でミーシャと絡むアイは、やばいほどにいやらしくて官能的で、誰が見ていようが、かまわずむしゃぶりついてぶち込みたくてうずうずした。

身体中の血がぐらぐらと煮えたぎり、自分でもおかしくなりそうなほどだった。

王が先に動いてくれたおかげで、なんとかそうせずにいられた。

どうしてアイに対して、こんな凶暴な気持ちになるのだろうか。

あんなになにもかもが儚《はかな》く壊れそうなほど、繊細で美しい子なのに。

しかしそのアイは風呂に入れるわずかな時間とはいえ、自分を信頼しきって身体を預けてくれるのだ。アルファにもかかわらず、タイヤンに触れられるのは嬉しいとまで言ってくれた。

あまえて懐いてくれるのが本当にかわいくて、絶対に自分が隠し持っている獣《けだもの》の本性を見せてはいけないと固く誓う。

アイと会えなくなるのはつらいが、それ以上に金剛寺に夜通しいたぶられている姿は痛々しくて見ていられない。そう思う反面、タイヤンのアルファは、もっと酷いことをしたがって身の内で暴れ狂う。

抗《あらが》おうとしても抗いがたい自分の欲望を、これ以上抑え込むのは苦しかった。

だからこそ一刻も早くここから救い出し、自分の手の届かないところに行かせて、幸せになって欲しいと願うのだ。

†　†　†

硝煙の匂いが地下室に立ちこめる。

銃身を下ろすと、アイはふっと息を吐いた。

「たった三日しか触っていないのに、随分上手くなったもんだな」

背後で鮫島が感心する。

「失敗するわけにいきませんから」

正面のマンターゲットに視線を向けたままアイは答える。下手をうって鮫島に射殺されるわけにはいかない。確実にタイヤンを自分の手で仕留めなくてはならないのだ。

「上手くやってオヤジの正妻に納まろうってか」

バカにしたように鮫島は鼻で嗤う。

「そうですね、そうしたらあなたを顎でこき使える」

投げやりに呟くと、急に強い力でがしっと肩を摑まれた。

「舐めるなよ、オメガのメスガキがっ」

「やめてください、会長が見ていますよ」

怒鳴り声に冷ややかな眼差しを返すと、はっとしたように鮫島はガラス壁の向こう側に座っている金剛寺をチラッと見る。

粗暴なくせに気の小さな男だ。心の内で嗤うと、鮫島は小さく舌打ちして、摑んだ肩を振りほどいた。

「かわいいツラして食えねえガキだよ、まったく」

「それはどうも」

ガキではない。しかし本当のことなど鮫島に微塵も教えてやるつもりはなかった。

「しかしお前は上手くやっている。あのアルファの犬はお前にメロメロだもんな。この調子で頼んだぜ」

鮫島の言葉に柳眉《りゅうび》を顰《ひそ》める。本当はタイヤンを騙していることに、良心がちくちく痛んでいる。だけどもう戻れないのだ。

明日の夜。タイヤンと一緒にいられる最後の夜になるだろう。別れの瞬間、アイの銃弾に倒れながらタイヤンはアイを憎むに違いない。

自分はタイヤンの思うような、かわいい不幸なオメガなんかじゃないんだ。

銃弾を装塡すると、拳銃を構える。

とっくに自分の中から消去すると誓ったはずなのに、どうして消えてくれないのか。

ふっと口許が歪む。

「今日は目玉焼き、焦げてなかったな」

「ああ？」

鮫島が問いかけるのを無視して、トリガーを引く。

サイレンサーを装着したワルサーの炸裂音はおとなしいが、それでも身体中に響く衝撃には慣れない。

思い悩んでも仕方がないことだ。タイヤンを撃って海に沈めてしまえば、もう二度と会うことはないのだから、最初から存在していなかったと思えばいいだけだ。

だから、やっと上手に焼けるようになった目玉焼きも口にしたことなどない。優しい手でシャンプーもされていない。そんな些細なタイヤンとの思い出はすべて忘れてしまおう。

明日になれば、かわいいとタイヤンが言う、かわいそうなオメガはいなくなるのだから。いるのは平気でひとを騙す性悪なオメガだ。

それでいい。

それでいい、と思うのに、どうしてこんなにつらいのだろう。最初っから住む世界が違ったというだけのことなのに。

すぐさま銃弾を装填しては続けざまに銃を撃ち放す。

「お、おい、無茶するな」

背後で制止する鮫島を無視して、アイはマンターゲットを撃ち続ける。

堪らなくあの男に会いたかった。自分のために焼かれた目玉焼きも、優しくシャンプーする手も、忘れられるはずなんてない。

端から見つけてもらおうなんて、虫がよすぎたのだ。

だから決着をつけよう。

自分の、この手で。

ふうと息を吐くと、アイは銃をカウンターに静かに置いて踵《きびす》を返した。

「もういい」

ガラスのドアに手をかけて出ていく。

「アイ」

ソファから立ち上がった金剛寺に抱きつく。

「大丈夫です。僕、上手くやります。ご主人様」

すっかり愛玩《あいがん》オメガの顔になってあまったるい声を出す。

明日なんて永遠に来なければいいのに。

とっくに殺したはずの心がズキズキと痛んで、ひどく苦しかった。

†　†　†

土曜。非番だったタイヤンは、朝九時前に金剛寺の屋敷に赴いた。

「おはようございます」

キッチンで朝食をすませたらしい鮫島と出くわす。

「お、ちょうどよかった。俺は今夜の段取りでちょっと出かけるから、お前にオメガの世話を任せる。昼前には戻るから」

せわしなく上着を羽織ると、鮫島は出ていく。

「わかりました」

その背に返事をして、タイヤンは金剛寺の寝室へ向かった。

「失礼します」

ノックをして入ると、いつものように金剛寺はベッドで高いびきをかいていた。

「アイ」

床に蹲《うずくま》るアイに近づくと、タイヤンは声をかけた。ここ最近は金剛寺も飽きたのか、縛られてもいなかったし、バイブもされていない。

「んっ」

小さく吐息を漏らすと、アイはころんと寝返りを打った。

寝顔のあまりのかわいさに思わず笑みが零れる。

「アイ、風呂だ。起きろ」

優しく抱き起こして身体を軽く揺するが、まだ目を覚まさない。

「仕方ないな」

口ではそう言いながらも、アイに触れられるのが嬉しくて堪らない。

だから、ちゃんと起こしたりせずに、抱き上げてユニットバスへと運んでいく。こんなふうにアイに触れられるのも今日で最後だ。

金剛寺はアイを王への贈り物にするつもりらしいが、その前にかならず助ける。夜が明ければ、オメガシェルターに保護する手はずになっているのだから。タイヤンはもうアイに会えなくなる。

「アイ」

そっとバスマットに下ろすと、いつものようにスポンジを泡立てる。と、バスマットに横たわっているアイがじっとタイヤンを見つめていた。目が合う。

「お前、起きてるならちゃんと座って自分で身体を洗え」

「……起きられない」

はあっとため息をつくと、タイヤンはアイを背後から抱え起こす。

このまま抱きしめて、めちゃめちゃにしたい。いくら抑制剤を飲んでも欲望は消えてなくならない。

しかしそれを無理やり抑え込んで、いつもどおり、アイの背中を泡立てたスポンジで撫で上げる。

「なにも心配しなくていいからな。俺が命に替えても、お前だけは守るから。警察が踏み込んだら、絶対に俺の傍を離れるなよ」

耳元で囁くと、アイはこくんと頷いた。いつにもまして無口なのは緊張しているからなのか。

「心配は要らない。オメガシェルターも悪くないぞ。そりゃあ集団生活だから多少の不自由はあるだろうけど、所長もオメガでいい人だし、ちゃんと教育も受けられる」

過去の記憶を頼りに、タイヤンはアイを安心させるように言い聞かす。

「……そう」

背中を洗い終わると、今にも泣きそうな横顔を向けているアイにスポンジを手渡した。

叶うならずっと傍に置いて、優しくしてやりたい。

不意にキスがしたい、と思った。

もうこれが最後なら一度だけ、ただ一度だけでいい。アイは許してくれないだろうか。

しかしいくら眠っているとはいえ、ガラス張りのバスルームでは金剛寺の目が気になる。

身体の向きを変え死角を作ると、素早く手を取り甲にくちづける。

「シエンさん」

悲鳴のようなアイの呟きが落ちてくる。

「すまない。ずっと疚しい気持ちを持っているんだ、お前に。だけど絶対、破廉恥なマネはしない。本当に、ちゃんと助け出してオメガシェルターに送り届けるから」

言いながら、せつなさが胸にこみあげる。

「どうして謝るんですか？　僕を助けてくれるのでしょう？」

タイヤンはふるふると首を振る。

「だけど金剛寺に弄ばれていると知っていて、今日までなにもできなかった。あんな男にオモチャにされて……」

怒りで、声も震える。しかしタイヤンがそれを怒るのはおかしい。

いくら金剛寺の命令とはいえ、タイヤンも一度、アイに口淫をさせてしまったのだから。

それなのにアイはタイヤンの手を握りしめて、かぶりを振った。

「そんなこと、ないですよ。助けてくれるって言ってくれた。それだけで僕はすごく嬉しいです」

整いすぎて冷たい印象を与える顔は、少し頬を緩めただけで愛らしい笑顔になる。

「ちゃんと、助ける、かならずだ」

目頭がじんと熱くなる。

「ありがとう、シエンさん」

頭の奥がきんきんと重く響くのは、抑制剤の飲みすぎに違いない。

しかしそれも今日までだ。

明日からはアイと会うことはないから、もう抑制剤は必要なくなる。

オメガシェルターに、アルファは近づくことは許されないのだから。

「シエンさん、もう手を放してください。会長に怪しまれますよ」

見かねたようにアイが優しく注意する。

「すまない」

ずんと大きく鼻をすすると、もう一度ほっそりとした白くしなやかな指先にキスをして手を放した。

この先、タイヤンの人生において、アイほど狂おしく恋い焦がれる人間に巡り会えるだろうか。

だがなぜだか、もう二度とそんなことはタイヤンには起こらないような気がした。

アイだからこそ、自分はこんなにおかしくなりそうなほど渇望するのだ。

それはタイヤンがアルファだからだろうか。

今でも、これが本能なのか愛情と呼んでいい感情なのかわからない。愛情と呼ぶには凶暴すぎるのだ。自分でもこれ以上、制御がききそうにない。

わかっている、本能がアイを欲しがっていることくらい。しかし、タイヤンの理性はそれを認めたくない。アイに対するこの感情を本能の一言でかたづけたくないのだ。

「食事の支度をしてくる。ゆっくり浸《つ》かるといい」

強力な磁石を無理やり引き剝《は》がすように、アイの傍から自分を引き離す。

立ち上がると、もう振り向くことなくバスルームを出た。

いつもはあれが食べたいだとか、こうして欲しいだとか、いろいろ我《わ》が儘《まま》を言ってくるアイは、今朝に限ってなにも言わなかった。

金剛寺が遅い朝食を終える頃、鮫島が戻ってきた。そのまま鮫島とタイヤンは金剛寺に付き従って事務所へ向かった。

†　†　†

指がなにか特別なものにでもなったようだった。

アイはタイヤンの唇が優しく触れた自分の指の感触を反芻《はんすう》する。

すまない、とつらそうに何度も謝る男の顔が脳裏に浮かんで胸が押し潰されそうだった。

それでもアイは、とうとうタイヤンに本当のことを言わなかったのだ。

あんなにも自分のことを案じてくれていた男を最後まで欺いた。

性悪にもほどがあるだろう、と自嘲《じちょう》する。

と、その時だった。ガチャリとドアが開いた。

ベッドの上でひとり、身を横たえていたアイは物憂げに顔をあげる。下半身にブランケットをかけている他は一糸纏《まと》わぬ裸体だ。

「いいご身分だな。三食昼寝つきで」

つかつかと無遠慮に入ってきたのは鬼龍会事務局長の阿久津だ。

「お陰様で」

口をきくのも物憂い。アイはタイヤンがくちづけた指を反対の手でぎゅっと握りしめる。

「相変わらず無愛想だな、お前は。ほらハジキだ」

懐から出した拳銃を、阿久津はポイッとアイの枕元《まくらもと》に投げてよこした。

「ありがとう、阿久津さん」

手に取ることもせず、視線だけで銃を捉《とら》える。

これはタイヤンを撃つための得物だ。

「ちゃんと約束を守れよ」

「わかっている」

銃を見据えたまま言葉を返す。

「ほんっとうに、なにを考えているかわからないヤツだな、お前は」

　呆れたように阿久津は言う。

「お前はわかりやすいな。金の亡者」

　気怠げな身体をおもむろに起こし胡座をかくと、アイは投げられた銃を手にする。

「ああ、金は裏切らないし、生意気な口もきかないからかわいいぞ。くそオメガのお前と大違いだ」

　阿久津は鮫島と違って、アイの揶揄にキレたりしない。言葉に言葉で応戦する。いちおうは大学出のインテリヤクザだ。

「俺はこれから事務所に戻る。今夜はずっと自宅に居るつもりだ。いいか、しくじるな。上手くやれよ、絶対に」

「楽だな、金庫番の仕事は。寝ている間においしいところを全部、持っていこうというんだから」

　手の中で拳銃をくるくると回しながら、なおもアイは挑発的な言葉を投げつける。

「なにを言っているんだ、それはお前だろ。昼間っからごろごろしやがって」

　拳銃を構えると、アイは銃口を阿久津に向けロックオンする。

「ちゃんと今晩は働いてやるよ。果報を寝て待っておけ、阿久津」

しかし阿久津は動じない。

「最高のご褒美を楽しみに待っているぞ、くそオメガ」

銀縁眼鏡の縁をくいっと指先で押し上げると、くくっと笑いながら部屋を出ていった。

ガチャンと鍵《かぎ》のかけられた音が小さく寝室に響く。

本当に食えない男だ。

ふたたびひとりになり、緊張の解けたアイは拳銃を手にしたまま、くったりとその場に身を横たえる。

朝、タイヤンがくちづけてくれた指は今、そのタイヤンに向けるための拳銃を握っている。

アイは眉を顰める。

本当は、こんなことはしたくない。だけど、時間がなさすぎて、今はこれしか選択肢がなかった。

金剛寺の目の前で、確実にタイヤンをやらなければ。

胸が張り裂け、血が流れるかと思うほど痛む。

タイヤンが夜番の時、いつも優しく背中や髪を洗ってくれた。アイのために頑張って目玉焼きを焼き、今朝は泣きながら指にくちづけた。

なによりタイヤンはアイがずっと待っていた彼なのだ。

やっと会えたのに、騙して酷いことをしているという自覚は、もちろんある。

しかし、それがアイの仕事なのだ。

自分の仕事をまっとうするためにも、今晩、アイはタイヤンを撃たなくてはならない。

わかっている。決して情に負けて、打ち損じるようなことがあってはならない。

仕事は完遂しなくてはならない。

自分の幼い恋心など、早く葬ってしまうのだ。

アイは枕の下に手中の拳銃を押し込むと、タイヤンの唇が触れた指先を自分の唇に押し当てた。そっと眼を閉じる。

今だけ、ほんの少しだけ、泣くことを自分に許した。

この涙が止まれば、もう自分はタイヤンとはなんのかかわりもない、オメガのアイになりきるつもりだ。

† † †

刻々と夜が近づく。

阿久津の仕切りで幹部たちとの入念な打ち合わせを終えて事務所を出たタイヤンは、鮫島とともに金剛寺に付き従って帰宅した。

夕食をすませ、組員それぞれが銃器や車の手入れをおこない準備を整えている。

鮫島もダイニングテーブルの上に数丁の拳銃を並べ、丁寧に分解掃除を始めた。

いったいこれだけの銃器をどこに隠していたのか、タイヤンは訝《いぶか》る。しかし鮫島はそんなタイヤンの様子などお構いなしに楽しげに銃の手入れをしている。

「お前も持っとくか？」

掃除を終えて組み上がったトカレフを差し出されたが、即座に首を横に振った。

「いえ、俺はいいです」

「そうか。あったほうが役に立つと思うがなあ」

にやにやと笑いながら、鮫島はタイヤンに向けて差し出した銃をあっさりとしまう。

少なくとも警察官が不法な銃を所持するわけにはいかない。たとえ今の立場がどうであってもだ。

だが警察官ではなく、暴力団の一員として麻薬取り引きの現場に赴くのは初めてのことだった。

現場では、どういうふうに動くかを上司とその都度確認しながら、タイヤンたちも準備を進めてきた。

傍にいる金剛寺や鮫島に微塵も疑われることなく取り引きに臨み、なおかつ警察を手引きするのだ。上手くやれるだろうか。しかし案じていても仕方ない。

やるしかないのだ。

身体に馴染みはじめたカタギに見えないダークスーツを身に纏うと、鮫島とともに金剛寺とアイのいる寝室へ向かった。

「失礼します、会長」

ドアを開けるとベッド端に座る黒いスーツ姿の金剛寺に、着飾ったアイが寄り添うように立っていた。

通常、こういった取り引きに会長である金剛寺が直接出向くことは珍しい。しかし今回は大陸マフィア龍幇との初めての大口取り引きだ。

ここでしっかりと信頼関係を築いて、今後のつきあいをスムーズにしておきたいという思惑《おもわく》が双方ともにあるのだろう。

アイは、その手土産《てみやげ》だ。

繊細なレースの施されたシルクの白いシャツに光沢のある細身の白いスラックス。金糸銀糸の複雑な刺繍《ししゅう》に彩られたシルクのコート。プラチナの小枝に、花を象ったダイヤと真珠が散りばめられた髪飾り。

まるで花嫁装束のようだった。

端整な顔立ちはすましていれば気品があり貴人然としている。とうてい金で売られたオメガには見えなかった。

奪われそうになる視線を無理やり引き戻して、金剛寺に向ける。

「こいつには、さんざん楽しませてもらったからな。従順になるよう、きちんと仕込んでやったし、次はR国のオメガを王に手配してもらうのさ」

片時も離さずいたぶったアイを前に、金剛寺が下品に笑う。

不快極まりなかったが、アイは無表情で端整な顔を崩さない。

アイにすれば、今さら金剛寺のこんな言葉くらいでは傷つきはしないのだろう。

身も心も、もっと深く傷ついているのだから。

無表情に金剛寺の傍らに立つアイが痛々しかった。しかしそれも、もう少しの我慢だ。

今朝、バスルームで綺麗な顔を歪めて泣きそうになっていたアイを思い出す。

やはり今夜のことを思うと、緊張しているのだろう。無理もない。まだ子供なのに危険な取り引き現場へ赴くのだから。

心配でアイに視線を向けそうになるのを耐えて、タイヤンはボディガードの立場を保ち周囲に目配りをする。

タイヤンたち警察が上手く現場を押さえ金剛寺らを逮捕できれば、真っ先にアイを自由にするつもりだ。

そのためにも今は自分の仕事に集中しなければ。

鮫島とともにふたりを伴って向かった広間には、阿久津をはじめとする金剛寺の子飼いの部下が控えていた。

「待たせたな。始めてくれ」

金剛寺に促されて、阿久津が今晩の段取りを最終確認する。

上座に座る金剛寺の後ろにぴたりと立ち、タイヤンは視線だけを巡らす。

この連中を一網打尽にできれば、N国最大勢力の鬼龍会は壊滅する。

それだけではない。大陸からの違法薬物も銃器も大量に国内に持ち込まれることはなくなる。

闇でオメガが売買されることも、この国でのルートはほぼ断たれるはずだ。

だから、なんとしても今回の任務は成功させなくてはならない。

強い使命感が緊張を生む。

役目を確認するだけの短い会合が終わり、みな、それぞれの車に乗り込んでいく。

だが、その夜、玄関前につけられた車は、いつものベンツではなかった。

「新車だ。前のより、性能も安全性も高い」

そう言って鮫島は運転席のドアを開けた。

金剛寺とアイを後部座席へ乗せると、タイヤンも助手席に乗り込む。

みなが出発した最後、鮫島がおもむろに車を出す。

車内には今まで感じたことのない緊迫した空気が漂っている。いつもはへらへらと軽口をたたく鮫島も、今夜は無言でハンドルを握っている。

バックミラーに、黙りこくって暗い窓の外を見つめているアイが映っている。

タイヤンは背中に金剛寺の強い視線が突き刺さっていることに違和を感じた。最近時々こうした視線を感じるが、大きな取り引き前の苛立《いらだ》ちや緊張の類《たぐ》いかと考えてきた。しかし、どうにも居心地が悪い。

嫌な予感がする。刑事であるタイヤンの勘が警告する。

しかし違和感の正体を確かめるには遅すぎる。

車は、もう走り出してしまった。予定の時間より早く目的地に着くだろう。

あと一時間。じたばたしても始まらない。そうタイヤンは開き直った。

真夜中の道路は空《す》いていて、スムーズに車が流れている。

高速に入ると鮫島は法定速度以上にスピードをあげた。

ここからY港までは順調にいけば、もう三十分もかからないはずだ。

「え？」

まっすぐ走るはずの車は、予想に反して途中で左折した。

「どこへ行くんですか？」

タイヤンは戸惑う。しかし訊くまでもなく、標識には矢印とともに大きく『T地区』と表示されている。目の前にはアクアラインが迫っている。

「どうして……」

わけがわからず振り返ろうとした時だった。後頭部にコツンとなにかが当たった。

背筋が凍りつく。

「やっと気がついた？」

ゆっくり視線だけを巡らす。

タイヤンの後頭部に拳銃を突きつけたアイが冷ややかに微笑んでいた。

「これは、いったい？」

さらに愚問を重ねる。まさか、アイが？

そんなバカな。

「どうして、って、だってY港に行けば、おまわりさんに捕まるんでしょ？」

冷笑交じりに答えが返ってきた。

「おまえ……」

アイは金剛寺に金で買われた哀れなペットではなかったのか？

「俺を裏切ったのか？」

途端、車内に失笑がおこった。

「裏切るもなにも、端っからアイはお前の味方じゃないんだよ」

運転席の鮫島が嘲《あざけ》る。

「ほら、ちゃんと手をあげて。どこにも連絡なんてさせないよ？」

真新しいベンツの、タイヤンにとっては狭い車内で両手をあげさせられる。

「本当なら切り刻んで、魚の餌《えさ》にしてやるところだが、あいにく時間がない。かわいいアイが自分で始末したいと言うんだ。幸運だと喜べ」

金剛寺は相変わらず下品な笑い声をあげる。

まさか、助けようとしていたアイが金剛寺の手下だったというのか。

拳銃を後頭部に突きつけられても、まだ信じられない。

それでもタイヤンはなんとか打開策を講じるべく頭をフルに働かせる。

この状況でどう切り抜けられる？

左手首のモバイルフォンで連絡を取ろうにも両手をあげさせられ、銃を突きつけられていては、それも叶わない。

新車を用意したのはＧＰＳが取り付けられていた時の用心のためだったのかと、遅まきながら気づく。

いや、実際、以前のベンツには取り付けていた。今となっては、なんの役にも立っていないが。

唯一の希望はタイヤンのＧＰＳを警察側が察知して、この車を追ってくれることだ。

しかし、そんな希望は、ほぼ無に等しい。

ＧＰＳを警戒したということは、それを逆手にとって予定どおり同じ時間にＹ港へ誰かが車だけを運んでいる可能性が高いからだ。

まさか今になってタイヤンの動きがおかしいなどと、Ｙ港で待ち構えているはずの同僚は気づかないだろう。

目の前が真っ暗になる。

自分が容易にアイを信用したばかりに、潜入捜査は失敗に終わろうとしている。

それればかりか自分の命も危うい。

なにがアイを助けてやる、だ。自分の身ひとつもままならないのに。

頭がくらくらするのは、後頭部に押し当てられている銃口のせいばかりではない。抑制剤の飲みすぎによる副作用だ。

おかげで、アイと銃を挟んで接近していても、おかしな気分にはならない。もっともこの状況で性的な興奮を感じるのは変態じみているだろうが。

車はアクアラインを渡りきると右折した。

エアコンは快適な温度に設定されているはずなのに、嫌な冷たい汗が背筋に流れる。

あげた両手からは血が下がり、指先が冷たく痺れていく。

あきらめるな、考えろ。まだなにかこのマズい状況をどうにかできる手はないか。

しかし車は無情にも一般道を逸れて、T港手前の寂れた倉庫街へと入っていく。

頭がガンガンして、気ばかりが焦る。

なにも考えつかないうちに車は埠頭《ふとう》の奥まった一角で停まった。

「降りろ」

銃を突きつけたまま、アイが命令する。

素早く運転席から降りた鮫島が、タイヤンの横に立つ。

胸の内で舌打ちする。

アイひとりが相手なら、なんとか隙をついて銃を払い落とすくらいはできると踏んだのだが、こうぴったりと鮫島がついていてはそれも叶わない。

いくら自分より多少背が低いとはいえ、鮫島相手では分が悪い。銃を持っているなら、なおさらだ。タイヤンは両手をあげたまま車から降りた。

背中にぴたりと冷たい銃口が当てられる。

「そのまま岸壁まで歩いて」

アイの容赦ない命令が飛ぶ。

冷や汗が全身を伝う。

バレるにしても、まさかアイにこんな目に遭わされるとは思ってもいなかった。

しかしアイは本気だ。本気でタイヤンを撃とうとしている。

背後から殺意がひしひしと伝わってくる。

それでもなんとか状況を好転させられないか、歩きながら未練がましく考える。

「止まるな」

もう岸壁は数歩先だ。

ダメだ、時間がなさすぎる。

足が岸壁の縁にかかる。

「なあ、アイ」

振り向いてアイの腕を摑もうとした、その瞬間——。

天使のような美しい顔に酷薄な笑みを浮かべたアイがトリガーを引いた。サイレンサーが抑えた炸裂音は波音がかき消した。

まともに衝撃を喰らったタイヤンの身体が後ろへと仰け反る。

もう背後には踏むべき地面はない。

暗い夜の海に吸い込まれるように、揺らめく波間へと身体が落ちていく。

落ちながらタイヤンは、今までさんざん注意されたはずの言葉を思い出していた。

『オメガはアルファを惑わす危険な生き物』

ちゃんと覚えていたはずなのにな。しかし、アイに撃たれたのなら仕方ない。あいつに俺が敵《かな》うはずはないんだから。

ふっと薄く笑う。

大きな身体が、ザブンッと大きな水音をたてて真っ黒な海へと沈んでいった。

† † †

タイヤンの大きな身体が、アイの目の前で昏《くら》い夜の波間へと飲み込まれていった。

手向けのように、海へと手中の拳銃を放り投げる。

すべてを終えると、ぎゅっと心臓に拳《こぶし》を当てて一瞬目を瞑り、それから振り向いた。

「ご主人様、僕、ちゃんとやりましたよ」

にっこりと笑顔を浮かべ、車の傍で一部始終を眺めていた金剛寺に駆け寄る。

「ああ、よくやった、アイ。お前もこれで立派な鬼龍会の一員だ。俺の正妻に取り立ててやろう」

「本当ですか？　じゃあ、僕のこと、どこにもやったりしませんか？」

金剛寺の腕に抱きつき、あまえるように身体をすり寄せる。

「もちろんだ。王にもあの仲介屋にも渡さない」

「嬉しい」

上機嫌で金剛寺はアイを抱きかかえたまま車に戻る。

「オヤジ、車を出します」

運転席に乗り込んだ鮫島が声をかけた。

王との本当の取り引きはT港でおこなわれる。この埠頭から五キロほど先だ。

アイも金剛寺とともに車に乗り込む。もう後ろは振り返らない。

タイヤンなど初めから存在しなかったのだ、と自分に言い聞かせる。存在しないものが無くなったからといって、誰も悲しんだりはしないだろう。

心を殺すと決めたのだ。

「どうした？　震えて」

金剛寺の言葉に、はっと顔をあげる。震えている、自分が？

「あ、すみません。初めて人を撃ったから……」

さっきまで拳銃を握りしめていた手を見つめる。

本当に、この手で撃ったのだ。自分はタイヤンを。

「思ったより簡単だった……」

ぽつんと呟くと、金剛寺が頭を撫でた。

「そうかそうか、じゃあこれからも俺の傍で害虫を駆除しろ、アイ」

俯いたまま、眉を顰める。害虫はお前のほうだろ、と思いながら。

それでも涙は出ない。

心を殺した胸の中は空洞で、なにも感じないのだ。

でも、それでいい。自分は一生このまま、なにも感じず、生きていこうと思う。

感情がなければ、もう苦しくも悲しくもないだろうから。

あきらめることには慣れている。ずっとそうして生きてきたから。今さら自分が幸せに生きられるなんて、そんな虫のいいことは思わない。

だって自ら手にかけて、タイヤンを失ったのだから。

車が静かに停止した。

T港の取り引き場所に着いたのだ。

すでにまわりには数台の車が停まっていて、金剛寺の配下の者が待機しているのだと知れる。と、停泊している貨物船から数人の男が大きな麻袋を抱えて次々と降りてきた。

「ミスターコンゴウジ」

高級車の前に立っていた王が金剛寺の車を認めると、笑顔で近づいてくる。金剛寺もアイを伴って車から降りる。

金剛寺の配下の男たちが降ろされた麻袋を次々開ける。

「間違いありません」

中を確認し口々に報告する。

「わかった。では、こちらも」

金剛寺がくいっと顎で命じると、アタッシュケースを提げた幹部たちが中身を開けて王に見せる。

「ありがとうございます。これからも末永くよろしくお願いします」

にこやかに頷くと、流暢《りゅうちょう》なN国語で王は礼を口にした。

「こちらこそ、末永くおつきあいしたいものですな」

王が差し出す手を、金剛寺も笑顔で握り返す。と、その瞬間。

「動くなっ」

突然、多方向からサーチライトが浴びせられ、眩《まばゆ》い光の中、大勢の男たちがわらわらと乱入した。途端に辺りは騒然となる。

「なんだぁ！」

「公務執行妨害だぞ、おとなしくしろっ！」

「くそおっ」

「鮫島、車を出せ、すぐにだ」

拳銃を構えて臨戦態勢に入っていた鮫島に命じると、金剛寺はアイの腕を引っ張って踵を返した。

しかし金剛寺が車に乗り込むやいなや、パンパンと銃声が響き、タイヤがパンクした。

「鬼龍会会長金剛寺虎徹《こてつ》、麻薬取り引きの現行犯で逮捕するっ」

車のドアが乱暴に開かれ、金剛寺たちが引きずり出された。隣にいたアイも例外ではなかった。

ほっそりした白い手首に容赦なく無粋な金属の手錠が嵌められた。

その夜、厚生労働省中央厚生局麻薬取締部——通称マトリにより、一大勢力を誇った鬼龍会会長金剛寺はじめ主だった者が逮捕された一件は、翌朝には各メディアが大々的に報じるところとなった。

† † †

マンションの自室で氷月《ひづき》シノブは久しぶりの休暇を過ごしていた。

三ヶ月かかったが、それに見合うだけの収穫はあった。それなりの危険手当もつくだろうし、今度の賞与はかなりの額を見込めるはずだ。

代休もたっぷりあるはずなのだが、上からは一週間、たったの七日だけだと言い渡された。

なんのことはない。まもなく始まるヒートのための正規休暇だ。けちくさいこと、この上ない。

それでもずっと神経を張り詰めて働いていたから、シノブは手錠をかけられたまま昨夜遅くに本来の勤め先に戻ると、即刻手錠を外させ報告もそこそこに退庁した。

タクシーを自宅近くのコンビニで乗り捨て店内に入った。着払いの小包をひとつ送り、一週間分の食料を買い込むと帰宅し、シャワーを浴びるとずっと服用していた抑制剤も飲まずに泥のように眠った。

目が覚めたら夕方だった。しかしシノブは、まだベッドの中でぐだぐだと過ごしている。

身体が熱っぽかった。もう発情期に入ったのだろう。

しかし食料はたっぷり補給してあるのだし、この休暇中は部屋に籠もって自慰三昧《ざんまい》に過ごせばいい。久しぶりにひとりきりのゆったりした時間を過ごせるだろう。

それにしてもオメガの身体は本当に忌ま忌ましい。

ゆっくりできるとはいえ、発情が始まってしまえば、外出もままならず自慰をしてやりすごすしかないのだから。

忌ま忌ましいのは、それだけではなかったが。

個人差もあるが抑制剤さえきちんと服用すれば、発情期でも普通に動ける。

体格や身体能力の差は仕方ないが、知的能力が劣っているわけではない。現にシノブは抑制剤で自分のオメガ性をコントロールし、奨学金を受けながら大学にも、その先の大学院にも進学した。論文も認められドクターの肩書きだって得た。

それなのに、いざ、大学の研究室へ就職を希望してもオメガというだけで弾《はじ》かれた。シノブをドクターとして受け入れてくれる大学はこの国にはなかったのだ。

わかっていたはずなのに、アカデミーは完全なアルファ社会だと改めて思い知らされた。オメガを受け入れてくれる寛容な国外の大学の研究室にエントリーすることも考えたが、この国を離れたくなかった。

たとえ結ばれることはなくても、彼と同じ国にいたかった。いつか巡り会えたらいいと、ずっと淡い期待を抱いていたのだ。だから未練がましくこの国での就職を望んだ。

唯一、正規職員としてシノブを受け入れてくれたのが厚生労働省だった。

厚労省のラボラトリーなら、シノブの望む研究が続けられるはずだ。そう思って入職したのに、実際シノブが配属されたのは、厚生局麻薬取締部、通称マトリだ。

厚労省の官僚とはいえ、マトリは警察官同様、高い身体能力と武術の経験が要求される。

なぜ、身体能力も劣り、武術の経験もない小柄なオメガの自分が、と訝しく思った。しかし配属されてからわかった。シノブに求められたのは、まさしくオメガとしての性を活用した潜入捜査だった。

話が違うと上司に訴えたが、アルファばかりのラボにオメガを入れることはできないのだと言われた。

抑制剤を服用すれば問題ないと、さらに食い下がったが、それも前例がないし、アクシデントが起きた時のリスクは避けなければならない、と突っぱねられた。

健全で優秀なアルファを堕落させ、使いものにならなくさせるわけにはいかないのだと。

「くそっ」

思わず汚い言葉が出る。これでは詐欺も同然ではないか。

確かに大学でも冷遇されているのを自覚していたが、優秀なアルファに負けないだけの研究成果をあげてきた自負はあったのだ。

実際、抑制剤できちんと自己管理し、上手くコントロールをしてきた。成績だってひけをとらないよう寝る間も惜しんで努力した。

それがなんの意味もなかったというのか。

しょせん、オメガは身体を使うことでしか、生き延びていけないのか？

番になったアルファに捨てられた母はシノブを生んでなお、発情のたびにアルファを求めて苦しそうだった。

出産したオメガは耐性ができ抑制剤が効かなくなることがある。シノブの母親がそうだった。

いくら薬を飲んでも発情を抑えられず、産まれた我が子を顧みることもなく、行きずりのアルファに蔑《さげす》まれながらも性行為を求め続けた母は、やがてボロボロになって亡くなった。

番に捨てられたオメガの末路を、ずっと間近で見続けてきたのだ。

自分も同じオメガだと思うと、ぞっとする。

抑制剤さえ飲み続けていれば発情も抑えられアルファと交わっても妊娠することはないが、それでも三ヶ月周期の発情がなくなるわけではない。

火照《ほて》りはじめた身体を自分の手で抱きしめる。

この三ヶ月近く、ずっと変態ジジイに貞操帯を着けさせられ嬲《なぶ》られ、射精を我慢させられてきた。その反動からか、身体はいつもの発情期よりも渇望している気がする。

はあっとため息をついて、気怠く疼く身体をベッドに横たえる。

下腹のそれが緩く勃ち上がりはじめているのが布地越しにもわかる。

忌ま忌ましいが、発情がおさまるまで自慰行為を続ければアルファなんか必要ないのだ。

と、わずかに開いていた寝室のドアが開けられた。

「よ」

パジャマのズボンにかけた手を、思わず引っ込める。

射貫《いぬ》くような強い眼差しでシノブを見る男を、目を眇《すが》めて見返す。

「お前、生きていたのか？」

「ああ。あんたが玩具の銃で発砲してくれたおかげでな。それより発情期なのか。すごい匂いだぞ」

思わず口許が緩む。ぴんぴんしているのが嬉しかった。

「お前が邪魔だっただけだ。どうやって、ここに？」

訊いてから、愚問だったことに気づく。案の定、男はこともなげに言う。

「潜入捜査官を舐めるなよ。ピッキングくらいは一通りできる」

つかつかとベッドに横たわるシノブへと近づいてくる。

「よせ。近づくな」

慌てて制止する。

シャワーを浴びた際に、うっかり首輪を外してしまった。

目の前に迫ってくる男はアルファだ。

シノブは、片手で自分の首を覆い、近づく男から逃れようとベッドの端へと後ずさる。

「アイこと氷月シノブ、厚労省中央厚生局麻薬取締部捜査官、マトリだったんだな」

その男——ウ・シエン、いや組対の潜入捜査官、火浦タイヤンがシノブの化けの皮を剝がしたとでもいうような得意げな顔で言った。

「よくこの短時間で辿《たど》り着いたな」

口角を少し上げて睨みつけてやると、タイヤンは眉間に皺を寄せてさらにシノブに詰め寄った。その分、後ずさろうとしたが、背後はぴったり壁だ。もう後がない。

「当たり前だ、こっちの手柄を横取りされたんだ。クレームはきちんとつけるさ。しかしその見た目で二十七とか嘘だろ。まさか年上だとは思わなかった」

「お前はオメガを知らないのか？　潜入捜査官のくせに勉強不足だな。個人差もあるが、小柄で若く見えるのはオメガの特性だ。覚えておけ」

ぴしゃりと斬《き》って捨てる物言いに、タイヤンはむっとしたような顔をした。

憎まれていても仕方がないと覚悟していた。

それなのに、どうしてまた現れたのか。

「知っているさ。オメガはアルファを惑わす危険な生き物だ」

けんか腰の物言いのくせに、タイヤンはシノブの腕を摑んで引き寄せると、逞《たくま》しい胸に抱きしめた。

「まさか、あんたがあのシノブだったたんて。男だってまったく思ってなかった」

「は、なにを言ってる、離せっ」

「なあ、どうして子供の時、ワンピース着てたんだ？」

「やめろと言っているだろっ、ワンピースなんて着たことはない。あれは母のＴシャツだ」

「そうか、Ｔシャツかあ、すっかり騙された」

胸にシノブを抱いたまま、タイヤンはふふっとおかしそうに笑う。

「それは騙したことにはならないだろう。単にお前の勘違いだ。それよりさっさと離さないかっ」

これ以上、アルファのフェロモンを嗅《か》ぎ続けると、おかしくなってしまう。

シノブは細い腕でタイヤンから逃れようと抗った。まんまと騙した自分のことを憎んでいるくせに、発情期のオメガのフェロモンに惹《ひ》きつけられたのかと思うと、やるせない。

「あんただってこうなることを望んでいたんじゃないのか。俺があんたの服にＧＰＳをつけたの、わかっていたはずだ」

タイヤンの言うとおりだった。

発砲の寸前、袖に触れたタイヤンの指が確かに小さな機械を装着した。

まあいいかと、そのままにしていたのは疲れていたのと、兆しはじめた発情の気怠さのせいだ。

まさか、タイヤンが突然、ここまで侵入してくるとは思わず、たかをくくっていた。こんな状況をシノブが望むなどあり得ないのだから。

本当にまずい。抑制剤を飲んでいない。

発情しはじめていた身体が、タイヤンのアルファのフェロモンにあてられて完全なヒート状態になっていた。

「はっ……あ……」

わずかに理性が残る頭の片隅で警鐘が鳴り響いているのに、忌ま忌ましいオメガの身体が、アルファのフェロモンに煽られ欲情している。

下腹が燃えるように熱い。

後孔が、アルファの精を早く注ぎ込めとばかりに、どうしようもなくひくつく。

もう理性ではコントロールできない。

と、もの凄い力で、押し倒され、組み敷かれた。

「シノブ、なんだろ?」

強い力とは裏腹にタイヤンの口から出た言葉は優しく耳に響く。

「あ……」

「会いたかった、ずっと」

ぎゅっと抱きしめられると、もうなにもかもどうでもよくなる。

この男は、ちゃんと自分を見つけてくれたのか。騙されたことを怒っていないのだろうか。

「で、でも、騙した、お前を……」

いくら所属する組織の利益のためとはいえ、潜入捜査官だとバレていることを教え、協力してやることもできたのだ。しかし、そうしなかった。

きっと怒って恨み言を言いに来たのだろうと思った。しかしタイヤンはシノブを腕の中に抱きしめ、会いたかったと優しく囁くのだ。

「あ、やっ………っ」

このままタイヤンを受け入れてしまったら……。

面倒なことになるのはわかりきっているのに、オメガの性がアルファの種を飲み込みたい孕みたいと渇望する。抗えない。

いや、駄目だ。思い出せ。この男には恋人がいるんだ。簡単に関係を結んでいい相手ではない。

そう理性が警鐘を鳴らすのに、ねじ伏せるようにタイヤンの強烈で獰猛《どうもう》なアルファフェロモンが鼻孔を刺激し、脳髄までも犯してくる。

ずくんと身体がどうしようもなく疼く。力強く抱かれた身体は燃えるようだ。

タイヤンがオメガのフェロモンにあてられて、シノブを欲しがっている。今だけの関係でもいいいじゃないかと思えてくる。

今だけ、ただ一度だけ——。

ずっと好きだったのだ。この男に抱かれたくて堪らない。タイヤンが本当は自分を憎んでいても恨んでいても、恋人がいようがかまわない。

だって、もうこんなに身体が蕩けそうになっている。

がぶり、と耳元で肉を咬《か》みちぎる音がする。

発情に潤んだ眼で見ると、タイヤンは嚙み痕だらけの自分の腕を嚙んでいた。

「首は、嚙みたくない、まだ……」

タイヤンもそうとう興奮しているのだろう、荒い息の合間に言葉を発した。

噴き出す汗が滴った。

本能が求めるままに舌を伸ばすと、ぺろりと舐めとった。

くらくらするほどあまい。頭の芯までじんと痺れる。

舌なめずりをしようとした矢先に、嚙みつくようにタイヤンの唇がぶつかった。

だが、嚙みつかれはしなかった。

チロリと出した紅い舌に、タイヤンのねっとりと肉厚な舌が絡みついて、思いきり吸われた。

「んっ……ふぅ……」

なんだ、この強い酒のようなじんじんと舌先から焼けつくように痺れる感覚は。

タイヤンの唾液《だえき》は媚薬《びやく》かと思うほど濃くあまく、絡まっている舌からシノブの口中へ流れ込んでわずかに残っていた理性を麻痺させる。

もうタイヤンの種が欲しいこと以外、なにも考えられない。

どうして今まで自慰ですますことができたのかすら、わからない。

満たされたい注ぎ込まれたい、アルファが、タイヤンが欲しい。

この男の雄で自分のずくずくと熱く火照る最奥を鎮めて欲しい埋めて欲しい種が欲しい。

もう我慢できない。

シノブは自らむしり取るように身に着けているパジャマを脱ぎ捨てた。

タイヤンも同じだった。シノブのヒートに煽られ理性を失っている。

かなぐり捨てるように着ている物を剝ぎ取っていた。その身体の中心にはオメガのシノブの数倍はある、太くて逞しいアルファの象徴がそそり立っている。

一度、そのケタ違いの質量を口でたっぷりと味わわせられた。

普段のシノブなら、そんな巨大なモノを自分の中に受け入れるのかと怖くなって逃げ出すだろうが、今はヒート状態だ。

あれが自分の中に種を注ぎ込むのかと思うと、本能が悦んで舌なめずりする。

美しい顔が、欲望の期待に恍惚《こうこつ》となる。

なにも身に着けていない素っ裸のシノブをタイヤンが見下ろす。

真珠色に輝く肌に、まだ残る縄の痕。真っ白な肌より、いっそう艶めかしい。

欲望を抑えきれないという顔でシノブの上にみしりとのしかかった。

両手を捉えられシーツに縫い止められる。

顔をあげると、まともに目が合った。

ぎらぎらと欲に取り憑《つ》かれた強い眼差しで射貫かれる。

ぞくりとするのは怖いからではない。

本能が肉の悦びを期待して、打ち震えているからだ。

タイヤンの、雄の本性が剝《む》き出しになった獰猛な獣の顔が近づき、唇を貪《むさぼ》られる。

「う……っ、あ……っ」

初めてだ。こんな激しいキスをしたのは。

「やっとあんたを手に入れられた」

少しだけ離れた唇が嬉しそうにそう告げると、今度は深くくちづけられた。

心地よかった。

熱くてねっとりとした厚みのある舌が、シノブの口腔をあますところなく犯していく。

互いの舌が絡みつくと、それだけで悦楽にぼうっとなる。

さらに深くかき回されると、身体中痺れるような快感が駆け巡り、熱く疼く張り詰めた花芯は痛いくらいだ。

乱暴にのしかかられても、ヒートで熱く潤んだ身体では恐怖も嫌悪も感じない。それどころか今すぐこの男の精が欲しくて仕方ない。

ただただ満たされたかった。タイヤンの種が欲しかった。早く早く、一秒でも早く。

それだけで頭がいっぱいになる。

唇を離すとタイヤンはシノブの顎から首へ、そして胸元へと舐めおろしていく。真珠のように艶《つや》やかな肌の、胸の尖《とが》りの片方をねっとりと舐めあげられた途端、身体が仰け反る。

「あ、あぁっ……」

ミーシャにも同じことをされたがヒートのせいか、それともタイヤンの舌だからか愉悦が深い。胸の粒がピリピリと痺れて泣きたいほど気持ちいい。

経験したことのないあまりの深い快感に嗚咽《おえつ》が漏れる。

「う、うっ……あ、あん……っ」

「なんだ、やっぱりかわいいな、あんた」

タイヤンも余裕はないはずなのに、はぁはぁと吐く息の合間に言われて、ふるふると細い首を振る。

節の高い大きな手が伸びてきたと思ったら、頬を伝う涙を拭われた。

「や、そんな、のいい……から、はやくっ」

熱くて熱くて堪らない。

アルファの雄で早く鎮めて欲しい。

まだ与えられないのが、つらくて苦しくて、シノブは自ら脚を大きく開いた。

「こ、ここへ……っ、は、やく」

涙に濡《ぬ》れた顔で、タイヤンを見上げる。

すでに熟れきってとろとろに蕩けているオメガの後蕾に、タイヤンは指を差し入れた。

オメガのそこは蜂蜜《はちみつ》のようにすでにどろどろと熱く潤んでいる。ぐちゅぐちゅと指が抜き差しされるたび、淫らな水音が響く。
「あ、ああっ……」
敏感になった身体は指だけで反応し、ぴくんぴくんと跳ねた。
腰が物欲しそうに揺れる。
「も、は、やく……っ」
端整な冷たい印象を与える顔が今、上気し淫らに歪んでタイヤンを誘う。
しかし本当に欲しいのは、指ではなかった。
アルファの種を注ぎ込む逞しい雄が欲しいのだ。
経験のないシノブは、どうすればタイヤンの雄を、そこへ誘導できるのかわからない。
だから自分から、ここへ欲しいのだと告げるしかなかった。
もう恥もへったくれもない。
と、いきなり拡げた脚の中心に熱くてぬるりとした熱い塊が押し当てられた。
ぞくぞくと身のうちが震える。
やっと待ちわびたアルファが、シノブの欠けたオメガの部分を埋めてくれるのだ。
我慢できずに腰を突き出すと、ずんっと猛《たけ》り立った烈情を突き立てられた。
「あ、あ……んっ」

思わずあまい声が漏れた。

「ずっとあんたに、こうしたかった」

耳元でせつなげに囁かれる。

しかし今のシノブに、タイヤンの言葉を理解する余裕はない。

「あ、んっ、い、い……っ、もっと、おくぅ、はぁ……んっ」

熱くとろとろになった肉襞《にくひだ》を、焦がれていたアルファの肉茎に絡みつかせる。

応えるように、タイヤンがパンパンと腰を打ちつける。

タイヤンの身体が上下に動くたび、じゅぼ、ぐちゅっと卑猥《ひわい》な水音がベッドルームに響いた。

「はぁ……あ……んっ、い、あっ、きもち、いっ」

重量のあるタイヤンの雄に体内を蹂躙《じゅうりん》され、シノブは気持ちよさそうに嬌声《きょうせい》をあげ続ける。

タイヤンは避妊具を使わなかった。

けれど、もし使ったとしてもアルファの種を欲しがるシノブの本能が、それを拒んだだろう。

ヒートしたオメガはただ、アルファの種を孕みたいだけの獣でしかない。

ドクターの称号まで手にしているシノブでさえ、その欲望には抗えない。

本当に妊娠してしまうかもしれない。

この男の種を孕んでしまう。

アルファのフェロモンが快感を増幅させ、シノブをより淫らな獣へと変えてしまう。

欲しい、この男の種が。

それ以外、なにもいらないと思うほど。

タイヤンはシノブにのしかかったまま、また唇を貪りはじめた。

「んっ……、や、ぁ……んっ」

蕩けるほどあまいキス。

口腔を貪られ、身体中至るところ大きな掌で撫で上げられ、熟れ爛《ただ》れた身体の奥を思うさま突かれまくられる。

シノブの全身が溢《あふ》れんばかりに歓喜している。

タイヤンから与えられる愛撫のひとつひとつに反応し、奥深くから、どくどくと悦びの淫蜜を噴き零す。花芯から後蕾から。

ベッドルームはオメガとアルファのフェロモンが混じり合い、濃厚な香りに噎《む》せ返るほどだ。

止まらない嬌声の合間に浅く息を吸い込む。肺すらタイヤンのアルファフェロモンであますところなく塞がれていることに、さらにシノブの身体は悦んで、ごぷりと淫らな蜜を溢れさせるのだ。

「あっ……、い、きもちっ、はぁ……っ」

激しい動きに何度も何度も突き上げられるシノブは、経験したことのない深い快感によがり身悶《みもだ》える。

シーツは、もうシノブの下でぐちゃぐちゃによじれ、それでなくとも汗と涙ばかりか、接合部からも、屹立《きつりつ》したままおさまらない花芯からも滴る体液でぐっしょりと濡れそぼって、もう役目を果たせていない。

それでもなお深く繋がりたくて縺《もつ》れ合うふたりの動きは止《や》まない。

アルファに身体を貫かれることが、これほどまで身も心も満たされる至福だとは。

「うっ……」

皺だらけになってぐっしょり濡れたシーツが、ほっそりとしたしなやかな肢体に絡みついて、もう何度目かわからない白濁した蜜をシノブは花芯から噴き零した。

瞬間、シノブの最奥を蹂躙していたタイヤンの烈情がさらに奥深く、オメガの子宮へ突き刺さり、際限にまで膨れ上がって爆《は》ぜた。

「うああああああぁ……っ」

大量に迸《ほとばし》り注がれる熱いアルファの精に、シノブのオメガの本能が悦びに打ち震え、嬌声をあげ続ける。

ごくごくごく。

おいしいおいしいおいしい。

気持ちいい気持ちいい気持ちいい。

アルファの種を孕みたい孕みたい孕みたい。

「く……っ、そんなに、締めつけるなっ」

シノブを抱きしめていたタイヤンが苦しそうに呻《うめ》く。

しかし自分の意志では、どうにもできない。オメガの本能がシノブを突き動かすのだ。

タイヤンの種を絞り尽くそうと肉襞が収縮し、ぎゅうぎゅうとタイヤンのすべてを締め上げる。

「きもち、い……、もっと、いっぱい……、ほしっ、おまえのっ……」

自らも逞しい背中に腕を回し、しがみつきながらシノブは汗と涙に塗《まみ》れた端整な顔を淫らに歪め、恍惚と愛《いと》しい男を見上げる。

津波のように押し寄せる凄まじい快感。ただただ放心して飲み込まれ溺《おぼ》れる。

身体中全部、性器になったようだ。あまく注がれるタイヤンの烈情を飲み込み、食い締める器官でしかない。

枯渇していた心身に存分に熱いものを注ぎ込まれ満たされていく多幸感。

「いっぱい……、もっと、あ……んっ」

タイヤンの吐精は長い。

アルファだけが持つ陰茎の根元にある亀頭球はオメガのヒートにだけ反応して形を顕《あらわ》すと、子宮口から外れないよう、がっちりと蓋《ふた》になって嵌まり込む。

そうして延々、腹の中に精を注ぎ込むのだ。

シノブの多幸感もそれに伴って深く長く続いていく。

今までオメガに生まれて幸せを感じたことなど一度もなかった。

それなのに、今、オメガ故の幸せに全身全霊、包まれているのだ。

タイヤンによって。

母がなぜ、あんなにボロボロになっても、アルファを求め続けたのか、シノブはようやく理解できた。

「あ、ああっ、きもち……いっ……」

いきなり狂おしげな顔をしたタイヤンに唇を塞がれた。

本当にキスが好きな男だ。

しかし、タイヤンに精を注がれながら、かわすくちづけはこの上なく気持ちいい。

「んっ……、う……っ」

口腔にも注がれる、濃厚な愛蜜。

鼻孔からはオメガを性の獣にするあまいアルファのフェロモン。

感じまくっているのに、さらに与えられる心地よい愛撫。

どこもかしこも気持ちよすぎて、おかしくなりすぎて、ずっと天空を彷徨《さまよ》っているみたいだ。

タイヤンにしがみついていないと落下してしまう。

「はっ……、あ、あ……うっ」

喘ぎすぎて、喉に違和感があるのに、嬌声が止まらない。

意識が朦朧《もうろう》とするが、身体の奥底はなおもタイヤンの種を欲しがって、きゅうきゅうと絡みつく。

タイヤンもたっぷりとシノブの腹に精を注いだくせに、なおも飽き足らないというように、繋いだ部分を熱く滾《たぎ》らせる。

小柄で体力も劣るシノブは限界だ。

もう自分からは指一本動かせない。しかしかわいい花芯の先端からはまだ、透明な蜜がとろとろと伝って止まらない。

タイヤンはまだシノブを離してくれない。

「悪い。おさまらない」

されるままに、身体を抱きかかえられ、最奥を抉《えぐ》り続けられると、限界を超えていても、なお肉襞はタイヤンの溢れんばかりの熱情を悦んで迎え入れる。

何度も何度も大量に腹に出されたモノで揺すられるたび、腹から水音が聞こえそうだ。

ふっくらとタイヤンの精で膨らんだ腹は、すでに子を孕んでいるように見える。

嬉しい。

とうに意識は飛んでいるのに、ちゃぷちゃぷと卑猥な音をたてる膨れた腹から安らぐような幸せが満ち溢れる。

タイヤンは、いまだシノブを狂おしく求め続けている。随分時間が経っている気がするが、いったいどれくらい時間が過ぎたのか、もう今が昼なのか夜なのかもわからない。

ただ、このままずっとこの男に抱かれていたい。種を注ぎ続けられたい。一滴も漏らすことなく塞ぎ続けていて欲しいと願うだけだ。

快楽の嵐《あらし》に激しく飲み込まれ溺れ、やがてシノブの意識はふっつりと沈んでいった。

「うっ」

いつの間に眠ったのか、次第に意識が浮上する。

はっきりと覚醒すると、喉に痛みを感じた。

思わず、手を当てる。

喉だけではない。気づけば身体中が鉛にでもなったかのように、重くて怠い。

そうだ、ずっとタイヤンと……。

ヒートがおさまった今、意識を失うまでの痴態を思い出して、頭がくらくらする。

最低だ。

いくら発情して我を失っていたとはいえ、避妊具も使わずに、アルファと交わってしまった。

いや、避妊具を使ったところで、どうせむしり取っただろうから意味はないのだが。

意識を失う寸前、自分の腹がタイヤンの精でぽっこりと膨れていたような気がした。

今、いったい自分の身体はどうなっているのだろう？

シノブは恐る恐る身体にかかっていたブランケットを持ち上げた。

と、自分がちゃんとパジャマを着ていることに驚いた。

よく見れば、シーツも新しいものに替わっている。

パジャマを捲《めく》ってみると、あれだけぐっしょりと体液に塗れていた身体も綺麗に拭われて、さっぱりとしている。

まさかタイヤンがやったのだろうか。

シノブの身体は起き上がるのも苦労するほど重怠い。これではシーツどころか自分の身体の始末もおぼつかない。やはりタイヤンなのだろう。

不意に金剛寺のもとで、シノブを抱きかかえて風呂に入れ、優しく身体や頭を洗ってくれた男の姿を思い出す。

「シノブ、起きたか？」

と、いきなりドアが開いて、ふわりとアルファの匂いが漂った。

気がつかなかったが、ベッドルームは換気され、掃除もしてあったのだろう。男のあまやかな匂いに、またオメガの血がざわめく。

「来るなっ」

発情期はまだ続いているはずだ。今はおさまっているが、アルファのフェロモンを嗅ぐと、またおかしくなってしまうに違いない。

しかしタイヤンはシノブの言葉を無視して、ベッドルームへすたすたと入ってきた。

慌ててブランケットを首まで引き上げて身構える。

「そんなに警戒するな。朝飯を作ってきた」

言われて見ると、ミネラルウォーターやトーストやスープの乗ったトレイを持っていた。

ふたつ並んだ目玉焼きもちゃんとある。

ベッドに近づくと、タイヤンはサイドテーブルにトレイを置いた。

喘ぎすぎた喉が痛かった。

シノブはミネラルウォーターを手にすると、一息に飲み干した。

空のボトルを置くと、ふうと一息つく。

「悪かったな、つい自制がきかなくて無茶をした。身体は大丈夫か？」

思わずタイヤンを見た。シノブに触れようともせず、まっすぐに背筋を伸ばして立っていた。

今まで何人ものアルファに接してきたが、心配げに気遣うアルファは初めてだ。風呂でも自分を律し、シノブに優しく触れてくれていたのを思い出す。

頭を撫でられたい、と唐突に思った。

「謝ることはない。私も……」

浅ましくアルファの精を欲しがったのだ。

いくら発情していたにしても、あんなにも淫らにはしたなく。

思い出すと、あまりの羞恥にタイヤンの顔がまともに見られず俯く。

いや、今さらだ。自分が恥ずかしいことを平気でできるオメガだと、この男はよく知っている。なにしろ金剛寺のもとで、半月ほど一緒にいたのだから。

シノブが自分の利益のために騙したことも、拳銃を突きつけて海に撃ち落としたことも全部知っているのだ。

思い出すと自己嫌悪で胸が痛くなる。

「けど、初めてだったろ？」

「……そうだが」

自分が性的経験に乏しいことには羞恥を覚えない。

むしろオメガが手当たり次第、アルファを欲しがることのほうが恥ずかしい。自分の母がそうだったから、なおさら自分はそうはなりたくないとずっと思ってきた。

アルファの身体を知らずに生きていけるのなら、それに越したことはないのだ。

シノブにとって仕事でのことは性的経験には入らない。あれは仕事と割り切っている。

理性もなくしたりはしない。

今回のことは、まったくのアクシデントといっていい。

どうして、こうなった?

顔をあげて目の前の男を見上げる。

「そうだ、お前のせいだ」

きっ、と柳眉を逆立てて目の前のアルファを睨みつける。

「だから、悪かったって謝っている。美人が怒ると迫力があるな」

しかし睨まれたタイヤンは、嬉しそうに微笑んでいる。

「なにをにやついている。私はお前が不法侵入したことを言っているんだ。警察官のくせに法を犯すとは」

そうだ、発情期の、このタイミングでこの男が来なければ、あんな破廉恥なマネをせずにすんだのだ。そして自分が、この男に触れられることがどれほど嬉しくて幸せか、どれほど好きなのかも知らずにすんだ。

「それも謝る。しかし、どうしてもあんたともう一度、会いたかった」

タイヤンは跪いて、シノブに頭をさげた。

「私に恨み言を言うためか。なら、好きなだけ罵《ののし》るといい」

自分はそうされるだけのことをしたという自覚はちゃんとある。

「シノブ」

しかしタイヤンは恨み言を言うどころか、蕩けるようにあまい声で名前を呼ぶのだ。

「ずっと会いたかった。俺がシェルターを出てから、どうしてるのかずっと気になっていた」

大きな手が優しく頬に触れる。

「……お陰様でちゃんと高校を卒業し、奨学金で大学院まで進学し、今は厚労省の役人だ」

ただしおそらく長時間、オメガとして囮《おとり》捜査に使われるだけの仕事だが。

「うん、よかった」

顔を顰める。

「なにがよかった、だ。私はまだお前を騙したことを謝っていないのに」

ぷっとタイヤンが噴き出した。

「あはは、謝りたかったんだ。バカ正直なヤツだと呆れられているのかと思ってた」

「そ、それはそうだが……」

ふいっと顔を逸らす。

「い、言い訳すると、もともとうちが先にマークしていた案件だったんだからな。後からのこのこ首を突っ込んできた、お前たち警察が悪い」

「そうだな、でも、まさか心臓を射貫かれるとは思っていなかった」

タイヤンは真面目《まじめ》な面持ちになると、じっとシノブを見つめた。

「馬鹿を言え。エアガンだったろ。それに狙ったのは心臓ではない」

いくらシノブの腕が悪くても、あの至近距離では狙い損なうはずがない。致命傷にはならない脇腹《わきばら》へ発砲したはずだ。だからこそタイヤンは、けろりとしてここにいるのだろうに。

「ああ、今でも脇腹は痛むが、それはたいした問題じゃない」

「じゃあなんだ？　言っておくが、私はお前になにも質問していないぞ。勝手にお前が警察官だと打ち明けたんだ。私の年齢だって、勝手に未成年だと思い込んでいただけだ」

アルファのあまい匂いに、じんと身体の奥が熱く疼きはじめて、シノブは無駄だと知りながらも顔を逸らす。

「わかってる。ついかわいいオメガに絆《ほだ》された」

かわいいオメガだと？　鼻で嗤う。

「お前は潜入捜査官に向いていない。今回の潜入だって、私がいなければ今頃、細切れに切り刻まれて魚の餌になっていたはずだ」

　タイヤンが警察の潜入捜査官だとリークしたのは阿久津だ。シノブがタイヤンを撃つように仕向けたのも阿久津だ。だが、あの男は別にタイヤンの命を助けようとしたわけじゃない。シノブに恩を売りたかっただけだ。

「ああ、そうだな。騙されたけど、あんたは俺の命の恩人だ。で、ひとつ訊きたいんだが、今回、阿久津は現場にいなかった。事情聴取もしたが、龍幇との取り引きを自分は知らなかったと言い張っていて無罪放免だ。そうなると阿久津が鬼龍会会長に納まるのは当然の成り行きだ。上手くできた話だと思わないか？」

「そうだ、すべて私と阿久津の書いたシナリオどおりだ。あの男は私の協力者だ」

「やっぱりそうなのか。今回の件で一番得をしたのは阿久津だったから、なにか裏があるんだろうと思った」

　ある程度のことは調べて、ここへ来たらしい。さすがに二十五歳という異例の若さで刑事になっただけのことはある。

「学部は違うが、そもそもアイツとは大学の同期で」

「ちょっと待て」

　驚いた顔で遮る。

「なんだ？」

「同期って、阿久津は、じゃあまだ二十七なのか？」

「そうだが」

タイヤンは頭を抱えた。

「見えない。四十前後かと」

「お前は私のことも子供扱いしていたな。外見で人を判断すると痛い目に遭うぞ」

「いや、もう充分遭っている」

うんざりしたように頭を振る。

その様子にふっと口元を緩めて、シノブは話を続ける。

「もともと阿久津は違法薬物や銃器を扱うのには反対していたんだ。あいつはヤミ金や株でいくらでも金を転がせるからな。だから私に協力をしてくれたし、これからもマトリだろうが警察だろうが、自分の得になると判断したら協力するだろう。今回の件も金剛寺や鮫島が捕まれば、武闘派を一掃できる上に鬼龍会の看板を手に入れられると踏んで、マトリの私に協力したんだ。それなのに横から警察に首を突っ込まれては、せっかく時間をかけて張った罠《わな》が台無しになってしまう。だからおまえを排除したがったんだ」

「ふうん、じゃあ俺を撃った玩具の拳銃も阿久津からか？」

ベッドの端に、タイヤンは腰かけた。

「ああ、金剛寺たちが出かけた隙に合い鍵を使ってな。私はお前を本当に殺す必要はないからとエアガンを用意させた」

目の前でタイヤンが不服そうに顔を歪める。

「今度はなんだ？」

「阿久津は損得でしか動かないんだろ？　どうして一円にもならないお前の頼みを聞くんだ？　大学の同期ってことはつきあいも長いんだろ？」

「いや、大学を卒業してからは会っていなかった。私がマトリになってから接触したんだ。それに一円にもならなくはない。金剛寺からもらった髪飾りと交換してやったんだから」

宝石でできた髪飾りは昨日、コンビニから宅配便で送ってやった。もう阿久津は受け取っているはずだ。

「まさか……、あれを阿久津にやったのか？」

タイヤンはぽかんとする。

「そうだ、あれは私がもらったものだ。どう使おうとかまわないだろう。売れば一千万はくだらないと阿久津は喜んでいたぞ。なんだ、そんな顔をして」

「いや、まあ、そうだな、いいか、うん」

タイヤンはひとりで、うだうだと考え込んでいる。まったくおかしなやつだ。

「でも、警察に届けようか、そういうのは」

「馬鹿か。警察に届けていたら、今頃お前はここにいないぞ」

「それは……感謝している」

まともに礼を言われると面映《おもは》ゆい。ふっと顔を逸らす。

「別に感謝されたくて助けたわけじゃない」

生きて欲しい、とシノブが願ったのだ。生きていて、無事でいてよかったと心から思っている。

「なあ、シノブ」

タイヤンが両手を伸ばしてくる。つい本能に負けてしまい、一度だけならと言い訳して身体を繋げたが、ずるずると関係を続けたいわけではなかった。

満たされた今、阿久津が持ってきた写真が脳裏をよぎる。そうだ、この男には恋人がいるのだ。

思い出した途端、伸ばされた手を払いのけようとした。

「私に近づくな」

しかしタイヤンは言うことを聞かない。

大きな手で、手を包まれた。

「まだマトリの仕事を続けたいのか？」

もう笑っていなかった。真剣な眼差しで見据えてくる。

「え？」

「俺はシノブに、もうあんな仕事はさせたくない。今回、金剛寺が不能だったから、まだマシだったが、あんなやり方でこれから先、無事にすむとは思えない」

なにを言い出すのか、この男は。

自分には恋人がいるくせに、そんなことを言われたらシノブがどう思うのか考えられないのか。顔が歪む。

「お前がなんと言おうと、それが私の仕事だ」

オメガにはオメガの仕事がある、と言われた。厚労省の正規職員という職を失いたくなければ従うほかないのだ。他にどうしろというのだ。

「それは、あんたがやりたい仕事なのか？」

痛いところを突かれて絶句する。

こんな仕事、誰がやりたいものか。しかしやらなければ失職するし、今回は大きな手柄もあげることができた。

内容はどうあれ、結果には満足している。と、そう自分を無理やり納得させているのだ。

「……マトリの仕事にはやりがいを感じている」

それは嘘ではない。

大量の麻薬が国内に入り込むのを、水際で堰《せ》き止めることができたのだから。

「警察だって動いているさ。マトリだってそうだ。わざわざシノブが危険に身を晒すことはない」

「お前には関係のないことだ」

握られていた手を振りほどく。

「なあ、俺も考えたんだ。あんたも言ったように、俺には人を騙す仕事は向いていない。だから地方の駐在所に転勤願を出してきた」

突然なにを言い出すのか。シノブは呆れる。

「それがどうした、私には関係のないことだ」

しかし目の前の、男らしく逞しい体軀《たいく》だが人のいいタイヤンには、潜入捜査官よりも向いている気がして口許が緩む。

優しくて世話焼きの「おまわりさん」として、この男が田舎で人気者になる姿は容易に想像できた。

アルファとしては脱落者と謗《そし》られるだろうが。

「まあ聞けよ。それが上司から独り身では駄目だって言われたんだ。だからシノブに配偶者として一緒に来てもらいたいと思っている」

「は？」

また突然、とんでもないことを言い出す。

「なにを言うんだ。お前には彼女がいるだろっ。なんで私がっ」

思わず叫んでしまう。

「え？　彼女なんていないぞ」

ふるふるとタイヤンは頭を振る。

「嘘をつけ。私は見たんだ。お前がかわいい女の子の肩を抱いている写真を」

「へ、待てよ。それって、いつの写真だ？」

「いつって……」

そういえば、写真のタイヤンはスポーツ刈りで、もっと若い印象だった。

阿久津はこうも言ってなかったか。『タイヤンは二十五歳で刑事になり組対に異動したが、その後、足取りがぱったりと消えた』と。それなら最近の写真であるわけがない。

「確かに彼女がいたこともあるが、それは二年も前の巡査時代の話だ。刑事になってからは誰ともつきあったことはない」

「でも、クラブでだって、綺麗な女の子が寄ってきてたじゃないか」

自然に顔が俯いて、力なく反論する。

「シノブ、もしかして妬《や》いてくれているのか？」

ひょいとタイヤンが下から覗《のぞ》き込む。

「や、妬いてなんかっ」

ムキになって否定すると、大きな手で抱きしめられた。

「嬉しいな」

弾むような声で囁かれる。

「ごめんな。昔は、こうしてシノブに再会できると思ってなかったから、女とつきあったことも確かにあった。でもホステスたちとは誰ともなんにもないから信じてくれ」

「や、約束したじゃないか。また会おうって。ずっと待ってた、のに」

優しく抱きしめられて、つい本音を漏らしてしまう。小さな子供がむずかるようにあたたかで厚い胸を拳で、トントンと叩く。

シノブだってわかっている。こんなにかっこよくて優しい男を女が放っておくはずないことを。だから、これはただの我が儘なのだ。

「俺だって、シノブ」

タイヤンが鼻の先を髪に埋める。

「ずっと、会いたかった。手紙も書いたし、何度も会いに行ったけど、会わせてもらえなかった」

「手紙？」

そういえば、母親が手紙を『これじゃない』と、泣きながらびりびりに破っていたことを思い出す。

あの人は、ずっと捨てた男の連絡を待っていたんだった。でも、そのことはタイヤンには言わなかった。

「すまない、私の手元には届かなかった」

またタイヤンに嘘をついてしまった。しかし、

「そっか、でも、またこうして会えたんだからよかった」

少しも気にしないのは、この男の美点だ。そして自分は嫌になるほど、年下のこの男にあまえてしまいたくなる。

ひとりで生きていこうと誓ったはずなのに。

「なあ、シノブは俺が嫌いか？　俺と寝たことを後悔しているか？」

ふるふると首を横に振る。

発情期だったとはいえ、初めてが初恋の相手だったのだ。ずっとずっと好きだった。また会おうという子供の頃の約束を覚えていてくれて、今こうして会いに来てくれたのだ。

後悔なんてするわけがない。

「俺は子供の頃からシノブのことが好きだし、再会してからも、こうしたいとずっと思っていた」

再会した時、シノブは金剛寺の命令でタイヤンに口淫した。

「でも、私はお前に酷いことをした。ずっと騙し続けていた」

今さら好きになってもらえるとは思えなかった。

「そうだな。でも、仕事もきちんとこなして、なおかつ俺を助けてくれたんだろ？」

「仕事って……、お前の仕事は空振りだったじゃないか」

本当に、この男は人がいい。

「だけど、それってシノブのせいじゃないだろ。阿久津だろ？」

「いや、私だって……」

「ああ、そうだった」

ぐいっと腕を掴まれて、顔を見つめられる。タイヤンはにこっと笑う。

「あのあと、マトリから金剛寺たちが引き渡された。麻薬だけでなく銃刀法違反もあったしな。だからまったくの空振りってわけでもなかったぞ」

「そうか。それならよかった」

少しでもタイヤンの手柄になったのなら。シノブはほっとする。

「うん。だから返事は？」

「え？」

「さっき言っただろ？　地方の駐在所に一緒に来て欲しいって」

「……しかし、私はお前をずっと騙していて、海に撃ち落としたんだぞ？」

「だから、それはもういいんだって」

「よくないだろう、たとえお前がよくても私は自分が許せない」

それにたとえ今、いいと言っても、この男だってアルファなのだ。

胸が痛むのは、ボロボロになって死んだ母親を思うからだ。

こんな嘘つきの自分を、いつかタイヤンは愛想を尽かして捨てるのではないか、と思うと怖くて素直に頷けない。嫌われたくない、捨てられたくない。こんなに人を好きになったことなどないから、どうしていいのかわからない。

「泣くなよ」

言われて、思わず顔をあげた。

目前の男の顔が滲《にじ》んでいる。と、いきなり引き寄せられて抱きしめられた。

「そんな心細そうな顔して泣かれたら、またあんたが欲しくなるだろ」

「いやだ、離せ」

母を亡くして、シノブはアルファには絶対かかわらず、ひとりで生きていくと決めたのだ。

抱きしめてくる男を突き放そうと足掻《あが》く。

「何度も言うよ。あんたがあんたを許せなくても、俺はあんたを許すから。だから俺のものになれよ、シノブ。また会おうって約束して、こうして会えたんだ。悪いけど、あんたが嫌がっても、もう離す気はない」

「タイヤン……」

ふっと男が嬉しそうに息を吐くのが伝わってくる。

「やっと本当の名前を呼んでくれたな、シノブ」

男の力は強い。シノブがどれだけ胸を叩いてもびくともしない。

この男は、ちゃんとシノブを見つけてくれたのか。アルファの本能なんかじゃなく。

「シノブだって俺が欲しいんだろ？　俺の種を孕みたいって言ってくれたよな？」

あれはオメガの本能が言わせたことだ。

「ちがっ」

でも——。

どうしてこの男に抱きしめられると、こんなにも嬉しいと思うのだろう。

「わかれよ。あんたが他の男に抱かれる可能性のある仕事なんて、俺は耐えられないんだ」

「そんな、ことっ」

自分の知ったことじゃない。

なのに、どうしてこんなに幸せな気持ちになるのだろう。

「なあ、頼むから。俺にも家族はいないんだ。俺と家族になってくれ」

「……」

シノブだって、家族が欲しかった。それをタイヤンのほうから頼まれているのだ。

もうどれだけ抗っても無駄だと思い知ってあきらめた。力を抜いて身を委ねてみると、タイヤンの大きな胸の中はあたたかくて心地よかった。

「……本当にいいのか？」

シノブの問いにタイヤンは頷いた。

「ああ、それで俺と一緒に地方の駐在所に行こう」

自分もタイヤンと一緒にいたいと、本当は望んでいる。父に捨てられ母からも顧みられずにいたシノブにも、家庭はずっと焦がれていた憧《あこが》れだ。それをタイヤンはシノブに与えてくれるというのだ。

少し身体を離すと、タイヤンはシノブの顔を覗き込んだ。

「俺はあんたを大事にしたいんだ、な、そうさせてくれ、シノブ」

自分のようなオメガを、大事にしたい、など。

タイヤンの囁くあまい声に、ぶわっと胸がときめく。

発情は薬でおさまっているはずなのに、身体が熱くなって顔が火照る。

これは本能なのか、それとも——。

ああ、もうそんなことはどうでもいい。

シノブはタイヤンに抱きついた。

「行きたい。お前とだったら、どこでも」

もう、それだけしかない。

「ほんとに？」

驚いたように訊かれて、おかしくなる。

自分から誘ってきたくせになにを驚いているのか。

口許を緩ませ、シノブはこくんと頷く。

「じゃあ、首、噛んでもいいか？」

あまえるように訊かれて、「ああ」と再度頷く。そしてふっと笑みを零す。

最初に身体を重ねたとき、タイヤンは自分に言い聞かせるように、「首は、まだ、噛まない」と、言っていた。

よほど我慢していたのだろう。かわいい男だ、と思う。

「あ、でもさっき私は抑制剤を飲んだぞ」

「知っている。でも発情期は一週間、続くんだろ？」

「そうだが……」

「だったら、機会はいくらでもあるさ」

また、あの凄まじいほどの快楽を、この男とともに味わうのか。

ずっと母を見ていて嫌悪していたが、相手がタイヤンだからなのか、アルファと交わるのは、これ以上はないほど気持ちよくて幸せなことだと思えるから不思議だ。

本能なのか、それとも愛情なのか。しかしタイヤンはどっちでもいいと言った。

なぜなら愛情は、育むものだから、と。

それなら、自分もこの男とともに育んでいきたい。

タイヤンが首筋に鼻を押し当ててオメガの匂いを味わうように、くんくんと嗅いでいる。くすぐったくて笑みが零れる。

さっき抑制剤を飲んだというのに、アルファのフェロモンに煽られて身体の芯が熱く痺れる。

「ここに、噛みつきたい」

耳朶が鼻先で擽《くすぐ》られ、うなじにあまい吐息がかかる。

タイヤンも発情している。オメガの官能を刺激するアルファのあまく濃厚な匂いがぶわっと鼻孔に流れ込み、脳髄を蕩かすほどに、くらくらする。

重く怠い腰が、またタイヤンを欲しがってずくずくと疼く。

自分が番を持つことになるとは、今まで考えたこともなかった。

でも、タイヤンとなら。

田舎の駐在所でずっと一緒に生きていけるだろうか。

大きなタイヤンが、がっしりと華奢なシノブを抱きしめてあまやかに囁く。

「頼む。俺と番になってくれ、シノブ。毎朝好きなだけ目玉焼き焼いてやるから。約束する」

「なにを言ってる」

ふっと口許がほころぶ。たわいのないピロートークの口約束だ。

しかし、そう思ってもシノブの心臓はすでにタイヤンに射貫かれてしまっている。

こくんと小さく頷くと大きく逞しい身体に腕を回す。

「お前になら嚙まれてやってもいい」

シノブの言葉に、嬉しそうにタイヤンが笑う。

抑制剤なんて、ちっとも効果がない。

早くタイヤンに貫かれたくて堪らない。

自らあまい匂いを放つ、ぐずぐずに蕩けている身体を開き、シノブは愛しい番を誘惑する。

後日談

「ほらっ、見て見て、オレ、灯台できたぞ」

「うおお、ユウタすげえ」

駐在所内では、五、六歳の男の子たちがワイワイと剣玉で遊んでいる。坊主頭のユウタは、得意げにくりくりとした目でタイヤンを見上げた。

「なんだ、そんな技。仕方がないな。大人の実力を見せてやるか」

はしゃぐ少年から剣玉を取り上げると、タイヤンは球のほうを持ってブンブンと振り回す。頂点で繋がる糸に引っ張られた柄はすぽりと球に納まった。

「見たか、お前たち、これが二回転灯台だ」

まわりを囲む子供たちに、得意げに鼻を鳴らしタイヤンは剣玉を突き出した。

「大人げない」

背後から、ぼそりと声がした。振り返ると、外出から戻ってきたシノブが立っていた。

「おお、お帰り、お前ら、しーちゃんが帰ってきたから、今日はもう解散だ」

タイヤンは、もう子供たちを見向きもしない。べたべたとシノブに纏わりつく。

「しょうがないな。おまわりさん、しーちゃんにベタ惚《ぼ》れだもんな」

「行こう行こう、ジャマしちゃ悪いからな」

知ったような口をききながら、少年たちは剣玉を手に駐在所を出ていく。

「しーちゃんと呼ぶな」

シノブは真っ赤になって抗議する。

「いいだろ、もうしーちゃんで、みんなに浸透してるんだから」

確かに、そう呼びはじめたのはタイヤンだったが、今では島中、みんながシノブをしーちゃんと呼んでいる。公認だ。

シノブはタイヤンにかまわず、すたすたと駐在所奥の住居部分へと入っていく。

ドアを開けると、上がり框《がまち》があって、ダイニングキッチンに面している。シノブがダイニングにあがる後ろを、飼い主に構われたくて仕方がない犬のようにちょろちょろとタイヤンはくっついていく。

傍《はた》からは華奢なシャム猫にじゃれついているドーベルマンにしか見えない。

「どこ行ってきたんだ、しーちゃん」

提げていたトートバッグをダイニングテーブルに置くと、

「三ヶ月」

ぽつりとシノブが呟いた。

タイヤンは頭を捻る。いったいなにが三ヶ月だというのだろう。と、考えて、ああ、そういえばそろそろ発情の周期だったか、と思い至る。

「ローションとゴムを買ってきたのか？　まだあったぞ」

途端に、呆れた顔でシノブが見上げる。と、同時にトートバッグからコロンと檸檬《レモン》が転がり出た。

「なんだ、檸檬って？　研究の材料なのか？」

「……違う」

素っ気なく答えると、シノブは無言で研究室にしている奥の部屋に向かう。

それでは檸檬パイでも作るのだろうか。最近、シノブは料理に凝りはじめて手作りのスイーツも簡単なものなら作ってくれる。もともと手先は器用だし、タイヤンはあまい物が好きだ。

「楽しみにしてる。じゃあ午後の巡回に行ってくる」

研究室のドアを開けるシノブを背後からぎゅうっと抱きしめ髪にキスを落とすと、叱《しか》られる前にウインドブレーカーを引っかけて飛び出した。

パトカーもあるが、自転車のほうが島民と気軽に接することができる。よほどのことがなければ、タイヤンは自転車で小さなこの島を定期巡回する。脚でスタンドを蹴《け》り外し跨《また》がると、ひょいと漕《こ》ぎ出した。

N国は本島を中心にして、南北に連なる大小様々な島で構成されている列島だ。首都のある本島は金融経済の一大都市で、世界有数のカジノを備えた歓楽都市でもある。金を生み出すジパングという通称で世界から認識されている大都市だが、その他の島々はどこも農業や漁業で生計を立てている素朴な田舎だ。

タイヤンが転勤を命じられたのは、南に位置する小さな島で、自転車で一周しても一時間ほどしかかからない。島の中心に聳《そび》える山はなだらかで段々畑になっている。

本島の十二月は、朝は道路が凍《い》てつき厚いコートを着込まなくては外を歩けないほどの寒さが普通だが、ここでは最低気温が零度を下回ることはない。畑と海しかないが、穏やかな気候で過ごしやすい。

突然の配置換えを願い出た時はせっかく刑事になったのに、と上司に呆れられた。しかしノンキャリアのアルファなど、警察組織にとって使いづらい存在だということはタイヤンもわかっていた。特にチームワークで捜査しなくてはならない刑事部ならなおさらだ。

タイヤンの希望はすぐに叶えられ、定年退職する駐在員に代わって、こののどかな島に配属された。シノブの仕事も一段落ついたところだったし、次の任務が入る前に速攻で厚労省を辞め、一緒にこの島へ来たのが二ヶ月前だ。

本島から出ている高速船でほぼ一日かけて、南の小さなこの島へ降り立ったシノブは、ひと目見て宝の宝庫だと喜んだ。

もともと薬学博士のシノブは、大学時代からオメガのための抑制剤を研究していた。植物や海藻から抑制剤になる成分を探すシノブの研究は、強い副作用のある化学薬品に替わるものだという。

抑制剤の副作用は、タイヤンも身をもって経験している。あの時はシノブのフェロモンが強くて、ラット状態になるのを抑えるために多量の抑制剤を摂取していたが、信じられないほど倦怠《けんたい》感や頭痛が酷かった。アルファの自分でもキツかったのに、常時服用しなくてはならない身体の小さなオメガの負担は相当だろう。

シノブはこの辺りの山に自生していている植物、簡単に栽培できるラベンダーやカモミールなどのハーブ、時には海に行って海草や海藻を採ってきて調べている。

今はネットを使って国内外の研究者と情報を共有しながら、駐在所と地続きの自宅で研究を続けている。

自宅でできないことはＷＨＯのラボなどに依頼し、データをやり取りしていた。

俺のシノブは、けっこう優秀な薬学博士らしい。それにもうすぐ発情期だ。

タイヤンは、できたての檸檬パイの味を想像しながら、ウキウキと自転車を漕いでいた。

「あ、駐在さん、おめでと」

いきなり島に一軒しかない『南国《なんごく》デパート』という名の、よろず屋の前で立ち話をしている女性たちにつかまった。

「しーちゃん、三ヶ月だって。助産師のハルさんに聞いたよ」

パシパシと一番年配のふくよかな女性に背中を叩かれる。まさか、シノブがもうすぐ発情期だと噂になっているのか、とどきりとする。

「ああ、そう、ですね、もうすぐ……」

「パパだねえ、駐在さんも」

「え？」

なんの話だ、と訝る。

「どうしたの？　嬉しくないのかい」

「いや、あの、パパって俺が、ですか？」

「やだわ、当たり前でしょ。しーちゃんのお腹の子供の父親なんだからっ」

別のエプロンを着けた女性が、今度は反対側からパシパシと叩く。

「子供……、お腹の……」

「どうしたの、ぼうっとして、ちゃんとしーちゃんに聞いたんでしょ？」

　年配の女性はたたみかけるように質問する。

「あ、はい、いえ」

　突然の凄い情報に理解が追いつかない。

「すみません、一旦、巡回を中断して帰宅します」

「これ。しーちゃんに」

　ぽんと、自転車の前かごにマンゴーが裸のまま突っ込まれる。

「つわりで大変だろ？　果物だったら食べやすいからね」

「ありがとうございます」

　ぺこりと頭をさげると、来た道を全力疾走で引き返す。

「しーちゃんっ」

　マンゴーを抱えると、自転車のスタンドを下ろすのももどかしく横倒しにして駐在所の奥の住居へ駆け込んだ。

　シノブの研究室のドアを勢い込んで開ける。

「なんだ」

様々な植物といくつもの試験管をワークデスクに並べて作業していたシノブは、振り向くと気怠そうにタイヤンを見上げた。

タイヤンは天井から吊《つ》り下がっている海藻をかき分け近づく。

「子供、できたって？」

抱きつかんばかりに尋ねる。

「……ああ」

シノブは恥ずかしそうに真っ赤になって俯いた。

「うわわわわああっ」

タイヤンが叫ぶ。

「ど、どうしたんだ、いきなり」

しかし質問には答えず、有無を言わさずシノブを抱き上げると、ぐるぐると回り出す。

「すごい、しーちゃん。やった。めちゃくちゃ嬉しい」

「や、やめろ、気分が悪いんだ」

タイヤンの腕の中で、シノブはバタバタともがいた。そうだった、お腹に子供がいるのだ。ぴたりと動きを止める。

「ご、ごめん」

ゆっくりと下ろして椅子《いす》に座らせる。

「あ、でもちょっと研究は中断して、ベッドで横になったほうがよくないか？　晩飯は俺が作るからゆっくり休むといい」

ちょこんとシノブの前に正座すると、顔色を窺うように顔を見上げる。

「必要ない。妊娠は病気じゃないんだ」

「しかし、しーちゃんは小さいし心配だ」

「オメガは小柄だ。私よりも小さい女性だってたくさんいる。それでもきちんと子供は産めるんだ」

「そ、そうなのか。ああっ、初めてだからどうすればいいのかわからない」

ガシガシと頭を掻きむしる。

「別にいつもどおりでかまわない。私はつらい時は勝手に休むから気にするな」

「気になる、すごく」

そう言うと視線をさげ、シノブの腹を見つめる。

「ここに俺とシノブの愛の結晶がいるんだなあ」

しみじみと呟くと、こわごわと手を当てる。

「なんだか信じられない。でもきっとしーちゃんにそっくりのかわいい子なんだろうな」

ほわっと夢見心地で呟く。

「はあ、冗談じゃないぞ。私にそっくりだなどと。お前にそっくりな子供のほうがいいに決まっている」

突然、怒ったようにシノブは断言する。

「いや、それは困る。俺は断然、しーちゃんそっくりの子供が欲しいんだ」

タイヤンも譲らない。

「なにが困ることがあるんだ。お前そっくりの子供のほうが何百倍もかわいいだろうがっ」

あまりの勢いに呆気《あっけ》にとられ、次の瞬間くくっと笑い出す。

きっとシノブも初めて会った幼い日のタイヤンが頭にあるのだろう。

タイヤンだってそうだ。

子供だったシノブを初めて見た時、なんてかわいい子だろうと目を奪われた。

だから産まれてくる子供がシノブにそっくりだと嬉しいなと思うのだ。

「なにがおかしいんだ。私はかならずお前にそっくりな子を産むからなっ」

シノブは、まだ言い張っている。普段はとてもシャイで『好き』の一言もなかなか言ってくれないのに、どれだけタイヤンを好きか、語るに落ちている。だけど、そんなことは口にしない。二度と言ってくれなくなるからだ。

間接的にでも自分を好きだと言ってくれているシノブは、とてもかわいい。

「はいはい、もういいよ、どっちでも。俺としーちゃんの子だっていうだけですごく嬉しい」

「そうか」

シノブも、今さらながらムキになったことを照れているのか。一言、そう言っただけで押し黙った。

「なあ、名前、考えてるか？」

腰をあげると、こつんと自分の額をシノブの額に当てる。じっと見つめると、シノブと目が合った。綺麗な澄んだ眼差しだ。初めて会った時と少しも変わらない。

「ああ。アイがいい」

「アイ？　しーちゃんの偽名だった？」

「そうだ、自分で自分に『アイ』と名付けた。愛に縁がなかったから、せめてアイと名乗りたかった。シノブという名前は母がつけたんだが、オメガは耐え忍んで生きていく性だからと、よく泣きながら言っていた」

「そうか」

静かに頷くと、両手でシノブの頬を包み込む。

「お前にアイと呼んでもらって、すごく嬉しかった」

照れくさそうに眦《まなじり》を朱に染めて、シノブは目を伏せる。

「うん、しーちゃん。俺と家族になってくれてありがとう。俺に愛を与えてくれてありがとう。だからこれからも俺とずっと一緒にいてくれ」

「私こそ。お前にいくら感謝してもしきれないよ、タイヤン」

幸せそうにシノブは番の名を吐息に乗せた。

時間をかけて、愛はちゃんと実ったのだ。

育てていこう、これからもふたりで。

タイヤンは愛しい番の可憐な唇に優しくキスをした。

あとがき

はじめまして、またはお久しぶりです。デビュー後第一作目はラルーナ文庫様でオメガバース物になりました。タイトルがなかなか決まらずにいたのですが、Mor.先生からパンチのある素晴らしい表紙イラストをいただきまして、それならタイトルも表紙にあわせてパンチのあるものをということで『潜入オメガバース！～アルファ捜査官はオメガに惑う～』に無事決定した次第です。本当にMor.先生様々な今日この頃です。

お話はエロスたっぷりなオメガバースとスリリングな潜入捜査物のミックスで、作者は楽しく書かせていただいたのですが、ひとつ残念なことは攻めのタイヤンにあまり活躍させてやれなかったことです。もしまた機会がいただけましたら、今度こそタイヤンがかっこよく大活躍するお話を書けたらいいなと思っています。

最後になりましたが、M先生、編集のFさん、他にも刊行に関わってくださったすべての方々、そしてなにより本書をお読みくださった読者の皆様に深く感謝いたします。

みかみ黎

本作品は書き下ろしです。

ラルーナ文庫

この本を読んでのご意見・ご感想・ファンレターなどお待ちしております。〒111－0036 東京都台東区松が谷1－4－6－303 株式会社シーラボ「ラルーナ文庫編集部」気付でお送りください。

潜入《せんにゅう》オメガバース！
～アルファ捜査官《そうさかん》はオメガに惑《まど》う～

2020年2月7日　第1刷発行

著　　　者｜みかみ 黎《れい》
装丁・DTP｜萩原 七唱
発　行　人｜曺 仁警
発　行　所｜株式会社 シーラボ
〒111-0036　東京都台東区松が谷 1-4-6-303
電話　03-5830-3474／FAX　03-5830-3574
http://lalunabunko.com
発　売　元｜株式会社 三交社（共同出版社・流通責任出版社）
〒110-0016　東京都台東区台東 4-20-9　大仙柴田ビル 2 階
電話　03-5826-4424／FAX　03-5826-4425
印刷・製本｜中央精版印刷株式会社

　ISBN978-4-8155-3230-7